1월 0일

FUSION FANTASTIC STORY
진호철 장편 소설

1월 0일 8

진호철 장편 소설

초판 1쇄 찍은 날 § 2014년 4월 7일
초판 1쇄 펴낸 날 § 2014년 4월 14일

지은이 § 진호철
펴낸이 § 서경석

편집부장 § 권태완
편집책임 § 박은정
디자인 § 이혜정

펴낸곳 § 도서출판 청어람
등록번호 § 제387-1999-000006호
등록일자 § 1999. 5. 31
어람번호 § 제1-1824호

주소 § 경기도 부천시 원미구 부일로 483번길 40 서경B/D 3F (우) 420-822
전화 § 032-656-4452 팩스 § 032-656-4453
http://www.chungeoram.com
E-mail § chungeorambook@daum.net

ISBN 979-11-5681-963-9 04810
ISBN 978-89-251-2719-4 (세트)

CONTENTS

Chapter 01

벼랑 끝에서 도전

1월 0일

주찬은 어머니에게 최대한 용기를 주고 싶었다.

그 바람이 비록 일부러지만 환한 얼굴에서 시작돼 말로 변했다.

"잘될 겁니다."

"아들."

"네, 어머니."

"이젠 좀 편히 쉬고 싶구나."

어머니의 말에 주찬은 목이 메어왔다.

그러나 지금은 눈물을 보이거나 약한 모습을 보일 때가 아니었다.

"어머니, 치료될 거예요. 걱정하지 마세요."

"아니, 내 병은 내가 잘 알아."

"여기 미국이에요. 분명 고칠 겁니다."

"괜히 너나 아버지가 고생이야."

어머니 말에 주찬이 강하게 반발했다.

"이런 고생이라면 백번이라도 합니다."

"……."

어머니가 말문을 닫았다. 주찬이 그런 어머니 손을 슬그머니 잡았다.

"한국에 가서 친구 분들하고 여행도 가셔야지요."

"그럴까?"

어머니가 웃었지만 마지못해 하는 대답 같았다.

말하면서도 가끔 눈살을 찌푸리는 걸 보니 고통이 상당한 모양이었다.

과연?

주찬이 속으로 자신에게 물었다.

'이렇게 하는 것이 욕심인가?'

몇 번을 되물어도 주찬의 대답은 하나였다.

아직은 때가 아니었다.

주찬의 의지는 여전했지만 어머니의 병세는 하루가 다르게 악화일로를 걸었다.

옆에서 바라보던 아버지가 차마 보지 못하고 창밖으로 하염없이 시선을 줄 뿐이었다.

주찬도 달리 할 방법이 없어 그저 어머니 곁을 지킬 뿐이었다.

뚜루루.

휴대폰이 울자 반가웠다. 이런 어색한 기분에서 벗어날 수 있기 때문이었다.

"민찬이냐?"

ㅡ형. 어머니는?

다급한 동생의 목소리에 주찬이 애써 침착하게 대답했다.

"괜찮아."

ㅡ솔직히 이야기해 봐.

"괜찮다니깐."

ㅡ나 미국 갈래.

동생의 폭탄선언에 주찬이 기겁했지만 날카롭게 응수했다.

"일은?"

ㅡ지금 일이 문제야.

"민찬아."

ㅡ그러니까 이야기해.

민찬의 목소리에 잔뜩 날이 서렸다.

주찬도 그 심정을 이해 못하는 건 아니었지만 이대로는 곤란했다. 어려서부터 유난히 어머니를 따랐던 동생이다.

어머니의 이런 모습을 보면 무슨 짓을 할지 예측불가였다.

절대 안정을 취해야 하는 어머니의 병세를 볼 때 최악의 선택이었다.

"너 어머니 보고 태연할 수 있어?"

—……

민찬의 입에서 아무런 대답이 안 들리자 주찬이 조용히 설득했다.

"약속할게. 꼭 다시 볼 수 있어."

—아니면?

"재수없는 소리 할래?"

주찬이 버럭 화를 내자 민찬이 약간 움츠려들었다.

—…미안해. 형도 최선을 다하는 거 알아. 그런데 말이야, 어머니 보고 싶다.

"그 마음 알아. 혜리에게도 잘 이야기해."

—말도 마. 비행기 표 끊는다고 난리야.

"잘 설득해."

—형……

민찬의 목소리가 가라앉자 주찬이 이해한 듯 말했다.

"꼭 식구들이 모여 웃을 수 있을 거야."

—그래.

겨우 통화가 끝나자 주찬이 식은땀을 훔쳤다.

힘든 설득인 탓이다. 그것도 그것이지만 주찬의 고민은 다른 데가 더 컸다.

이대로는.

그동안 망설였던 결정을 내린 주찬이 지체없이 어머니의 주치의를 찾아갔다.

주치의는 주찬을 보고 약간 난감한 표정으로 손을 내밀었다.

"고생이 많으십니다."

"그게 중요한 게 아닙니다. 어머니는 어떻습니까?"

핵심을 찌르고 들어오는 주찬의 말에 주치의는 몇 번이고 망설이는 듯 입술을 달싹거렸다.

주찬은 그런 주치의를 참을성 있게 지켜봤다.

자신이 저 입장이라고 해도 쉽게 이야기하기는 어려울 것 같았다.

상당한 시간이 흐른 후에야 주치의의 입이 비로소 열렸다.

"모든 치료를 다 해봤지만 어렵습니다."

"어렵다만 하시지 말고, 정확히 말씀해 주십시오."

주찬은 가급적 냉정을 유지하며 얼굴색 하나 변하지 않으려 애를 썼다.

하지만 자신도 모르게 손끝이 부르르 떨리는 것만큼은 막을 수가 없었다.

다른 일도 아니고 어머니의 생사에 관련된 문제였다.

사람인 이상 아무리 냉정을 유지하려고 해도 쉽지 않은 건 당연했다.

주치의는 그런 주찬의 심정을 이해한 듯, 아니, 수많은 경험으로 알고 있다는 듯이 천천히 설명했다.

"악성종양입니다. 그런데 희한한 건 일반 세포와 똑같이 보이도록 위장하고 있다는 점입니다."

"무슨 말씀이신지?"

불길한 예감을 느낀 주찬이 떨리는 목소리로 묻자 주치의가 아직 이해가 안 간다는 투로 이야기했다.

"보통 악성종양인 경우에는 CT나 MRI를 찍으면 확연히 드러나게 되어 있습니다. 그런데 모친의 경우에는 특수합니다."

"특수하다니요?"

"악성종양이 정상세포인 것처럼 위장하고 있다는 이야기입니다. 저희도 힘겹게 찾아냈습니다."

"어느 정도까지 위장하고 있는 겁니까?"

이제야 어머니의 발병 원인을 안 주찬이 침착하게 묻자 주치의가 난감한 듯이 망설이다가 말했다.

"…솔직히 말씀드리면 최악이라고 보시면 됩니다. 어머니의 온몸에 악성종양이 다 전이된 상태입니다."

"말기암이란 이야기입니까?"

"암보다 더 안 좋은 경우죠."

주치의의 말에 힘이 하나도 없었다.

의사로서 이럴 때 가장 힘들단 말이 이해된 주찬이 태연하게 말했다.

"치료가 어렵단 이야기인가요?"

"이 판국에 뭘 더 숨기겠습니까. 병세를 보니 그리 오랜 시간이 남지 않았습니다. 힘드시겠지만 이별을 준비하시지요."

"얼마나 남았습니까?"

아찔한 마음을 뒤로하고 주찬이 힘겹게 묻자 주치의가 빠르게 대답했다.

"확실하진 않지만 며칠 정도인 것 같습니다."

"며칠이라면 구체적으로요."

"그건 저도 모릅니다. 그건 신의 영역 아니겠습니까?"

틀렸다.

어머니의 쾌차를 바라고 미국에 왔지만 가망 없단 소리가 전부였다.

주치의의 말을 들은 주찬은 이대로 어머니를 떠나보낼 생각이 아예 없었다.

요새 잠깐을 빼고는 평생을 고생하며 살아온 어머니였다. 손끝에 물 마를 날이 없어 투박한 피부만 봐도 가슴이 아팠다.

더구나 아직은 이별할 준비가 되지 않았다.

주찬이 입술을 꽉 깨물며 천천히 자신의 생각을 말했다.

"퇴원해도 되겠습니까?"

"퇴원이요? 더 힘드실 텐데요."

"다른 쪽에서 치료를 해보겠습니다."

"다른 쪽이라. 그리 가망이 없을 겁니다."

주치의가 고개를 흔들었지만 주찬은 물러서지 않았다.

"최소한 노력은 해봐야죠."

"정 그러시다면 퇴원은 시켜드리겠습니다만 나중에 병원 탓을 하시면 안 됩니다."

"각서라도 써드리겠습니다."

"물론 쓰셔야죠. 그리고 죄송하단 말씀을 드리고 싶습니다."

주치의의 말에 주찬이 고개를 저었다.

"아닙니다. 선생님은 최선을 다하셨습니다. 이젠 제가 할 차례죠."

"정 그러시다면."

각서를 받은 주치의가 마침내 퇴원을 승낙하자 신속하게 퇴원수속을 밟았다.

주찬은 어머니에게 가기 전에 일단 아버지를 만났다. 머릿속에서는 모든 시나리오가 만들어져 있어 그대로 이야기만 하면 됐다.

아버지는 병실 복도 의자에 머리를 숙인 채 그대로 화석처럼 굳어 있었다.

그 모습에 가슴 한쪽이 찡하게 아파왔다. 평생을 함께한 아내의 아픔이 남편으로서 견디기 힘든 모양이었다.

　주찬이 슬며시 아버지의 옆으로 가 앉으며 말했다.

　"힘드세요?"

　"쉽진 않구나."

　"아버지, 저랑 이야기 좀 하시죠."

　"무슨 이야기?"

　번쩍 고개를 든 아버지의 얼굴이 잿빛으로 변한 후였다.

　혹시나 주찬의 입에서 무슨 말이 나올까 두려운 눈빛이었
다. 아버지의 그런 모습은 주찬도 낯설었다.

　그러나 지금 사소한 감정에 휩싸일 때가 아니었다.

　마음을 다잡고 주찬이 아버지에게 천천히 말했다.

　"아버지, 제가 아는 분이 기 치료를 잘하십니다."

　"기 치료? 한국에 계시냐?"

　"아니요. 미국에 계십니다. 그분께 가볼까 합니다."

　"그분께? 병원에서는 어렵더냐?"

　아버지의 말투가 점점 떨림이 심해졌다. 주찬은 그런 아버
지의 손을 꼭 잡으며 말했다.

　"그런데 아버지, 그분껜 저랑 어머니 둘이 가겠습니다."

　"나는 가지 않고?"

　"네."

　"이유가 뭐냐?"

　아버지의 눈썹이 일그러졌다.

기분이 상했단 표시였지만 주찬은 물러서지 않았다. 아버지와 함께 간다면 불편한 일이 한두 가지가 아니었다.

"그분이 보호자는 한 사람 이상을 원하지 않습니다."

"그럼 내가 가마."

아버지가 얼른 나서자 주찬이 고개 저었다.

"저보고 오라고 하던데요?"

"주찬아, 살릴 자신은 있고?"

"가봐야 압니다. 솔직히 확신하기는 어렵습니다."

주찬이 솔직하게 털어놓자 아버지의 눈빛이 변했다.

"아차 하면 그 사람 임종도 못 본단 이야기가 아니냐?"

"……."

주찬이 순간 말문이 막혔다.

아버지의 질문에 뭐라고 답할 말이 없었다. 그러자 아버지가 다시 한 번 물었다.

"살 수 있다냐?"

"희박하지만 있습니다."

여기서는 무조건 희망을 이야기해야만 했다.

만약 자신 없단 이야기를 한다면 아버지는 절대 보내주지 않을 것이다.

주찬의 말에 아버지가 한참을 망설였다.

"하긴."

아버지도 어머니 병세의 위중함을 잘 알았다.

"허락해 주십시오."

"주찬아, 실수하면 네 에미 다시 못 보지?"

"……"

주찬이 즉답하기 어려운 이야기였다.

아버지는 이해한단 듯 고개를 무겁게 끄덕이며 말했다.

"가거라."

"아버지."

"여러 말 하지 말고 가."

아버지가 강하게 나오자 주찬의 마음이 조금 편해졌다.

"그럼 다녀오겠습니다."

"그런데 주찬아, 부탁이 하나 있다."

"말씀하시지요."

"만약 임종이 다가온다면 꼭 나를 불러라. 내 근처에 가 있는 건 되겠지?"

"약속드리겠습니다."

주찬이 힘차게 고개를 끄덕이자 아버지가 힘겹게 승낙했다.

"그렇게 해라."

"감사합니다. 그리고 식구들한테는 아버지가 잘 말씀해 주세요."

"그러마."

아버지의 목소리에 힘이 하나도 없었다.

주찬은 그런 아버지에게 뭐라 위로하고 싶었지만 마땅히 떠오르는 말이 없었다.

서둘러 병실로 들어선 주찬이 어머니의 손을 잡고 넌지시 말했다.

"어머니, 제가 아는 분이 계신데. 기로 사람을 치료한답니다."

"그래?"

어머니는 말하기도 힘겨운 표정이었다.

주찬은 마음속으로 다급했지만 어머니 앞에서 그런 내색을 할 수가 없었다.

중환자에게 경망된 표정을 짓는 건 어떤 경우에도 현명한 판단이 아니었다.

주찬은 애써 밝은 미소를 지으며 입을 열었다.

"그쪽에 가서 치료해 보시는 게 어떠세요?"

"병원에서는 힘들다고 하니?"

"솔직히 금방 낫지는 않는데요. 혹시 모르니 가서 일단 치료해 보고 아니면 다시 병원으로 오면 되죠."

"그래? 그러자꾸나."

어머니는 별다른 말을 하지 않았다. 그러나 주찬은 어머니의 표정에서 한 가지를 읽을 수 있었다.

어머니는 이미 자신의 병에 대해 직감하고 있었다.

다만 서로 알면서도 말하지 못했다.

어색해진 주찬은 서둘러 병실을 나서며 휴대폰으로 주치의에게 연락했다.

"응급을 전문으로 하는 의사, 그리고 간호사 두 명을 부탁합니다. 왕진비는 충분히 드리겠습니다."

─그렇게 하죠.

주치의에게서 선선한 답이 들렸다.

자본주의 사회인 미국에서는 돈이면 최고였다.

돈을 많이 주겠다는데 마다할 의사와 간호사는 어디에도 없었다.

그 점이 차라리 속편한 주찬이기에 한시름 놓을 수 있었다.

주찬은 곧장 인터넷을 검색해 LA지역에 있는 전원주택 렌트 업체에게 연락했다.

"가급적이면 인적이 드문 전원주택을 한 달 렌트하고 싶습니다. 환자 요양 차입니다."

─규모는 어느 정도 생각하십니까?

상투적인 말에 주찬은 짜증부터 일었지만 꾹 참았다.

"전망 좋고 편안한 곳이면 됩니다. 크기는 상관없습니다."

─그렇다면 몇 사람이 묵으실 겁니까?

"다섯 사람이요."

─적당한 곳이 마침 있습니다. 렌트비가…….

천천히 설명하는 말에 주찬은 새겨듣지도 않은 채 곧바로 답했다.

"알겠습니다. 계좌번호 주면 바로 입금시키겠습니다."

—감사합니다.

전화를 끊고 난 주찬은 이번엔 LA에 소재한 유명관광호텔에 전화했다.

아버지를 위한 숙소를 마련할 필요가 있었다.

아버지의 지금 마음으로써는 숙박업소를 구하는 것도 그리 만만한 일은 아니었다.

"스위트룸 하나 예약 부탁합니다."

다행히 빈 룸이 있어 편했다. 사전 절차를 모두 마친 주찬이 이번에는 한국으로 전화했다.

"주찬입니다."

—어쩐 일이십니까?

"사업 일은 모두 알아서 처리해 주십시오."

—어머니 이야기는 들었습니다. 괜찮으십니까?

"걱정해 주셔서 감사합니다. 나머지 모든 일은 알아서 처리해 주세요. 그럼 이만."

주찬은 대답을 듣지 않고 휴대폰을 내려놓았다. 지금은 시시콜콜하게 이야기할 시간이 없었다.

남은 시간을 가급적 아끼는 것이 최선의 방법이었다. 다시 아버지에게 간 주찬이 차분하게 말했다.

"아버지 LA 쪽에 호텔 예약을 해놨습니다. 그쪽으로 가시면 됩니다. 호텔이 어디 있냐하면……."

"지금 그런 것까지 신경 쓸 정신이 있냐?"

"아버지도 제게 소중하거든요."

"자식."

아버지는 주찬의 어깨를 툭툭 쳤다.

어려운 처지지만 서로를 향한 따스한 가족애는 더욱 커져만 갔다.

이제 어머니만 살리면 다시 행복한 가정을 이룰 수 있다.

주찬은 그것 하나만 생각했다.

퇴원수속은 신속하게 이뤄져 구급차 한 대가 병원 현관에 대기했다.

주찬과 의료진들은 조심스럽게 어머니를 구급차 안에 실었다. 밖에 서 있던 아버지가 주찬에게 말했다.

"어디로 가냐?"

"일단 LA 외곽지역에 저택 하나를 렌트해 놨습니다."

"그래? 나도 곧 가마. 무슨 일이 있으면 꼭 연락하거라."

"네, 전화기 항상 가지고 계십시오."

주찬은 고개를 꾸벅 숙이고는 구급차 안으로 올랐다.

철컥.

문이 닫히고 아버지의 모습이 점점 멀어지는 것이 보였다.

아버지는 마치 다리에 아교라도 붙여 놓은 듯이 꼼짝도 하지 않았다.

주찬은 그런 아버지에게 깊게 고개 숙였다.

"꼭 만나실 수 있을 겁니다."

주찬의 간절한 바람이기도 했다.

몇 시간을 달려 전원주택에 도착하자 의사와 간호사, 그리고 주찬이 서둘러 어머니가 누워 있는 응급침대를 옮겼다.

그나마 다행인 건 전원주택이 환자 요양용 전문주택이라 계단이 하나도 없단 사실이었다.

현관에서 밀어서 2층에 있는 방까지 옮기는 데는 그리 큰 힘이 들어가지 않았다.

어머니를 방 안 침대에 옮겨놓고 주찬이 입을 열었다.

"괜찮으세요?"

"응, 좀 피곤하지만 좋구나."

말은 그랬지만 얼굴에는 지독한 피곤이 쌓여 있었다.

"주무세요."

주찬은 어머니의 이불을 덮어드리고 밖으로 나섰다. 뒤를 따라나선 의사가 조심스럽게 말했다.

"스미스라고 합니다."

"이주찬입니다."

통성명을 마치자마자 스미스가 조심스레 권했다.

"아무래도 병원이 낫지 않을까요?"

"거기 있으면 가망이 있습니까?"

"그래도 응급처치는 받을 수 있을 텐데요."

"압니다. 하지만 저는 어머니를 살리고 싶습니다."

"……."

주찬의 단호한 말에 스미스도 더 이상 권유하지 않았다. 주찬은 스미스에게 슬쩍 고개를 숙이며 말했다.

"잘 부탁드리겠습니다."

"안 그래도 박사님께 설명 들었습니다. 최선을 다해서 치료하도록 노력하겠습니다."

스미스 말에 주찬이 속마음을 꺼냈다.

"부탁이 하나 있습니다."

"무슨?"

"가끔 저와 어머니 둘만의 시간을 주셨으면 합니다."

"위급상황은 곤란합니다."

스미스의 양해에 주찬이 만족했다.

"감사합니다."

긴 시간을 기다릴 여유가 주찬에겐 없었다.

몇 시간 동안 눈치를 보던 주찬이 스미스에게 말했다.

"오늘 어머니와 함께 있으려 합니다."

"그러십시오. 다만 응급상황이 발생하면 즉시 연락하셔야

합니다. 전 옆방에서 대기하겠습니다."

"그럼."

스미스와 헤어져 방에 들어선 주찬이 애써 밝은 목소리로 어머니에게 말했다.

"어머니, 이 아들 믿죠?"

"그럼 믿고말고."

"제가 해보죠."

그제야 어머니가 여기 온 이유를 알아챈 모양이었다.

어머니는 부드러운 미소를 지우지 않은 채 주찬에게 말했다.

"우리 아들 치료 받아볼까?"

"사이비일지도 모릅니다."

"우리 아들 믿어."

"조금 아프실 수도 있습니다."

어머니는 대답없이 입가에 미소를 띠우기만 했다.

자신을 신뢰하는 그 눈빛 하나만으로도 주찬은 무거운 짐을 어깨에 진 기분이다. 그러나 이제 와서 멈출 수도 없는 일이다.

지레 포기해 멈춘다면 결과는 비극으로 끝날 것이다.

주찬은 몰래 길게 심호흡한 후 천천히 어머니의 복수로 두 손을 갖다 댔다.

후끈.

잠시 고요하나 싶더니 이내 열기가 달아오르며 힉스입자
가 어머니의 몸속으로 들어가는 것이 느껴졌다.

　그런데.

　"음……."

　고통을 참던 어머니의 입에서 결국 신음이 흘러나왔다.

　주찬이 슬쩍 고개를 들어보자 어머니의 이마에서 진땀이
주르륵 흘러내렸다.

　그뿐만이 아니었다.

　어머니는 입술을 꼭 깨문 채 견디기 힘든 참혹한 고통을 견
디고 있는 모습이었다.

　이 순간은 정말 미안했다.

　"어머니 아프세요?"

　"괜… 찮아."

　말과 모습이 너무도 달랐기에 주찬은 다급한 기분이 들었
다.

　왜 이런 일이 발생했는지 생각해 보던 주찬이 아차 한 기분
이 들었다.

　지금은 정구홍 교수의 경우와 너무도 달랐다.

　그때는 주찬이 힉스입자를 어느 정도 조절할 수 있었지만
지금은 전혀 아니었다.

　자신의 몸에서 폭주하는 힉스입자를 제어한단 일 자체가
불가능했다.

그 힉스입자를 어머니한테 불어넣었다는 자체가 무식한 짓이었다. 그러나 주찬은 절망하지 않았다.

절망보다는 희망을 노래하고 싶었다.

무엇보다 확실한 건 자신이 어머니를 위해 최선을 다한단 점이다.

"조금만 참으세요."

주찬이 말하면서도 힉스입자를 제어하려 모진 애를 썼다. 제멋대로 날뛰는 힉스입자를 가두려 하자 상상외의 결과가 벌어졌다.

"헉."

주찬은 온몸이 마치 찢어져 가는 아픔을 느꼈지만 여기서 멈출 수는 없었다.

주찬은 이를 악물고 힉스입자와의 치열한 전쟁을 시작했다.

어느새 어머니는 얼굴뿐만 아니라 온몸에 진땀이 주르륵 베어 나왔다.

오죽하면 손을 댄 배 쪽이 축축하다 못해 흥건한 느낌이었다.

주찬은 자신에게 다그치듯이 말했다.

'침착하자.'

여기서 당황하면 어떤 결과가 나올지는 아무도 몰랐다.

주찬은 힉스입자를 제어하려는 노력을 포기했다.

대신 힉스입자가 가는 길에 자신의 의지를 심어 보내려 애썼다.

힉스입자가 미친 듯이 어머니 몸을 휘몰아치는 순간 주찬은 깨달을 수 있었다.

'너무 많아.'

어머니의 몸속에는 이질적인 악성종양들이 여기저기서 느껴졌다.

'하나, 둘.'

한참을 세어보던 주찬이 이내 포기했다. 수십 개가 훨씬 넘는 악성종양 외에도 아직도 많았다.

'어떻게 하나.'

주찬이 눈을 떠 어머니를 바라보자 어머니는 거의 정신이 오락가락하는 모양이었다.

너무도 심한 통증에 삶의 의지를 조금씩 잃어버리는 것이 한눈에 들어왔다.

'위험해.'

주찬은 본능적으로 날카로운 경계신호를 들었다.

주찬은 최선을 다해 힉스입자와 악성종양 사이에 의지를 불어넣어 제어하느라 안간힘을 썼다.

'빌어먹을 자식.'

처음에는 힉스입자는 콧방귀도 뀌지 않으면서 자기 멋대로 돌아다녔다.

하지만 주찬이 그쪽으로 필사적으로 유도하자 상황이 약간 변했다.

힉스입자는 마치 인심이라도 쓰듯이 악성종양 쪽을 슬쩍 스쳐 지나가는 느낌이 들였다.

'됐다.'

주찬은 그제야 느낄 수 있었다.

힉스입자가 스쳐 간 후 악성종양이 갑자기 힘을 잃고 조금 시들해진 느낌이었다.

그렇다고 완전히 없어진 건 아니었다. 다만 순간적으로 팽창하는 기운을 잃고 그저 움츠렸을 뿐이었다.

그것만으로도 충분히 만족했다.

주찬은 여기서 큰 욕심을 부리지 않기로 했다. 더 욕심을 부린다면 어머니의 목숨이 위태로웠다.

살기는커녕 어머니를 하루라도 빨리 저승길로 인도하는 불효를 저지를 수 있었다.

그 점을 깨달은 주찬은 자신이 아는 단 한 가지 길만으로 인도했다.

생각은 길었지만 힉스입자의 진행속도는 가공스럽게 빨랐다.

소우주라고 일컬어지는 인체를 돌아 나오는 데 그다지 오랜 시간이 걸리지 않았다.

힉스입자가 돌아 나오는 순간 주찬은 날쌔게 손을 뗐다.

계속 손을 대고 있다가 힉스입자가 다시 어머니 몸속으로 들어갈 것 같은 강렬한 예감 때문이었다.

다시 간다면?

절대 장담하기 힘들었다.

"후."

손을 떼고 나자 주찬은 뒤로 물러나서 한참 거친 숨을 몰아쉬었다.

어머니는 이미 정신을 잃은 채 축 늘어진 모습이었다.

주찬은 마치 물 묻은 솜처럼 축 쳐진 팔을 겨우 들어 어머니의 손을 잡았다.

펄떡거리는 심박이 아까보단 훨씬 나아 보였다. 그러나 악성종양을 완전히 없앤 건 아니었다.

다만 움츠려 들게 한 것뿐이다.

지금 주찬이 얻은 건 약간의 시간.

그 이상은 없었다.

십여 분이 지나자 주찬은 애써 기운을 차린 후 휴대폰을 들었다.

"잠시 이곳으로 와 주시겠습니까?"

그 말을 끝으로 주찬은 휴대폰을 침대 밑으로 떨어뜨렸다. 더 이상 휴대폰조차 들 힘조차 없었다.

주찬은 마치 거짓말처럼 혼미한 상태로 돌변했다.

"힘들다."

주찬이 절로 내뱉은 소리였다.

철컥.

문소리가 들리자 주찬은 비로소 정신이 들었다.

애써 기운을 내 시선을 돌려보자 이미 스미스와 간호사 두 명이 어머니 근처에서 응급조치하는 모습이 보였다.

주찬은 그저 바라보기만 할 뿐 아무런 힘이 없었다.

그렇게 30분 동안 정신없이 움직이던 스미스가 주찬에게 다가섰다.

"큰 이상은 없었습니다만 왜 이렇게 고통스러워하는 겁니까?"

"……."

주찬은 아무런 말도 할 수 없었다. 여기서 자신이 기 치료를 했다고 말하는 것도 웃기는 일이었다.

스미스는 주찬에게 다시 한 번 말했다.

"상태를 보니 조금은 양호해진 것 같습니다만 아직 정확한 건 모르겠습니다."

"어느 정도인가요?"

"이전보다 기력이 좋아지신 것 같습니다. 물론 제대로 검사를 해봐야겠지만."

"그럼 지금은 위중하지 않단 이야기죠."

"그렇습니다."

"감사합니다."

주찬은 자신에 최초의 시도가 실패하지 않았다는 것으로 충분히 위안을 가졌다.

시간을 벌 수 있다면 지금 이 순간 더 이상 바랄 건 없었다.

그러나 스미스는 주찬의 바람대로 이야기해 주지 않았다.

"전보다는 낫지만 며칠을 더 갈지는 저도 장담하기 힘듭니다."

"……."

주찬이 아무런 말이 없자 스미스가 다시 한 번 말했다.

"무슨 일 있으면 바로 불러주십시오. 대기하고 있겠습니다."

끄덕.

주찬이 힘겹게 고개를 끄덕이는 것으로 대신했다.

스미스는 주찬의 모습에 약간 고개를 갸우뚱했으나 별다른 말없이 방 밖으로 나섰다.

"이 동네는 돈이 있어야 사네."

씁쓸함이 감돌았다.

돈이 아니라면 미국 땅에서 저런 의사가 있기란 사실상 불가능했다.

주찬이 보기에도 상당한 전문의로 보이는 스미스였다.

Chapter 02
고통을 넘어

1월 0일

방에 돌아온 주찬이 입술을 꽉 깨물었다. 이대로라면 어머니를 살리는 일이 어렵단 걸 알았다.

힉스입자가 악성종양에 힘을 발휘하는 건 사실이다. 그렇다면 힉스입자를 조절할 뭔가를 찾아야 했다.

인생에서 승부를 걸 시간이 있다면 지금이었다.

주찬의 눈빛이 차갑게 내려앉았다.

힉스입자.

세상 그 누구도 모르는 자신만의 비밀이었다.

오늘 그 녀석과 한판 전쟁을 치룰 생각이었다.

결과가 두려워 하루하루 미뤄놓은 일이지만 더 이상 피할

여지가 없었다.

주찬은 침대 위에 자세를 잡고 온몸을 늘어뜨렸다.

잠시 시간이 지나자 드디어 힉스입자가 움직이기 시작했다.

"아!"

주찬의 입에서 탄성이 터졌다.

머리를 감도는 싱그러운 느낌이 이처럼 달콤할 수가 없었다. 마치 평온한 바다를 항해하는 요트에 홀로 오른 기분이다.

주찬이 빙그레 입가에 미소를 지었다.

이대로라면 순탄한 여정이 기다릴지도 모른단 막연한 희망이 샘솟았다.

그러나 그건 완전히 오산이었다.

발가락에서의 찌릿함이 시작이었다.

스멀거리는 기운은 이내 다리를 타고 거칠게 배로 올라왔다.

그 순간 주찬은 머리가 하얗게 변하는 경험을 했다.

"윽!"

온몸이 바스러지는 듯한 격통에 절로 고개가 밑으로 향했다.

'위험해.'

머리가 경보신호를 보냈다.

이대로 지속된다면 목숨을 잃을 수도 있다.

통증은 점점 심해져 의심이 확신으로 변했다.

"후후."

주찬이 가볍게 웃었다.

이렇게 죽는다면?

가슴속에 여한이 가득 찰 듯했다.

그러나 멈출 수 없는 길.

여기서 멈춘다면 그다음 결과는 너무도 뻔히 보였다.

자신은 조금 더 살지 모르지만 어머니는 죽는다. 그 대명제는 절대 변하지 않을 운명이었다.

두렵다.

가슴 떨리도록 두렵다.

하루라도 단 하루라도 더 살고 싶은 것이 인간의 본성이다.

주찬도 그 범주에서 절대 벗어날 수 없는 피와 살을 지닌 인간일 뿐이다.

주찬이 격통을 잠시 누르고 조용한 사색에 빠졌다.

언제 시작될지 모를 고통을 먼발치에 세워놓고 깊은 상념에 심신을 떠맡겼다.

백 년을 하루처럼.

하루를 백 년처럼.

두 가지 다른 생각이 뇌리에 어지럽게 몰려오고 사라졌다.

주찬이 길게 심호흡했다.

이번에 시작되면 멈출 수 없었다. 아니, 멈출 의지 자체가 아예 없었다. 평생을 안고 살 한을 남기고 싶지 않았다.

"나와 어머니를 위해."

이를 악물고 강한 신념을 담아 내뱉었다.

툭.

주찬이 막고 있던 모든 의지를 편안하게 놓았다.

순간 몸 안에 웅크리고 있던 모든 힉스입자가 광풍이 되어 밀어닥침을 느꼈다.

움찔.

강한 충격에 몸이 벼락이라도 맞은 양 들썩거렸다.

"으음!"

온몸이 산산조각 나는 기분이다.

더불어 다가선 건 인간으로 감내하기 힘든 처절함, 아니, 그 이상의 통증이다.

마치 날카로운 칼날로 갈기갈기 찢는 아픔이 차라리 견딜 만하리라.

짜악.

입술을 강하게 물었다.

얼마나 지독한 고통인지 입술이 터져 피가 줄줄 나는 것도 모를 지경이었다.

여기서 멈추거나 일어선다면 그다음은 너무도 뻔했다.

죽거나 최소한 코마 상태였다.

주찬이 너무 잘 알기에 모진 고통을 운명으로 받아들였다. 견디지 못한다면 고통과 함께 가야 했다.

드디어.

펑.

발끝에서 목까지 살을 저미는 고통이 천천히 치고 올라왔다.

"아악!"

차라리 비명을 질렀다.

속으로 삼키기엔 지랄 같은 아픔이다.

1분만 단 1분간만.

고통이 사라진다면 죽어도 좋았다.

그 정도로 기진맥진한 주찬이지만 의지를 넘은 그 무언가로 버티고 또 버텼다.

그러나,

힉스입자는 주찬의 사정 따윈 안중에도 없는 듯했다. 그저 제 갈 길을 찾아 주찬의 온몸을 헤집을 뿐이다.

스르륵.

자신도 모르게 몸이 뒤로 넘어갔다.

이미 의식은 먼 곳으로 사라진 지 오래였다.

헉.

놀란 주찬이 눈을 번쩍 떴다.

기절한 자신을 깨달은 건 아주 짧은 순간이었다. 그런데 묘한 일이 벌어졌다.

달라졌다!

지금은 왠지 할 수 있단 자신감이 들었다.

무모할 정도의 자신감에 스스로 놀랄 정도였다. 아니, 자신감이 없다고 손치더라도 더 이상 끌 시간이 없었다.

"그랬구나."

주찬이 자신도 모르게 고개를 끄덕였다.

자신의 몸이 왜 이렇게 위태로웠는지를 한순간에 깨달았다.

힉스입자.

사람의 몸으로 받아들일 수 있는 물질이 결코 아니었다.

특수한 상황에서 어쩔 수 없이 주찬의 몸에 들어왔던 힉스입자는 다시 제 갈길을 가기 위해서 발버둥 쳤다.

그 여파로 주찬의 몸에 불균형이 찾아왔던 걸 알았다.

주찬은 다음 순간 흠칫 놀랐다.

"어떻게……."

자신이 이런 사실을 알게 됐다는 것조차도 놀라웠다.

누가 알려준 것도 배운 지식도 아니었다. 그저 강한 예감으로 알 수 있었다.

다음 순간 주찬은 한 가지 생각에 골똘했다.

힉스입자는 분명히 자신의 몸에서 빠져나와 자연으로 돌아가야만 했다.

그렇지 않다면 몸이 힉스입자의 가공할 힘에 의해 산산조각 나리란 판단이 섰다.

부르르.

두려움에 살짝 몸이 떨렸다.

주찬은 힉스입자를 풀어줘야 한단 걸 알았지만 한 가지 난제에 부딪쳤다.

그 시기와 양에 대해서는 아직까지도 가늠이 되지 않았다.

고민하던 주찬이 갑자기 자리에서 벌떡 일어났다.

아무 생각 없이 시계를 보던 주찬의 얼굴이 하얗게 변했다.

무려 하루, 그리고도 두 시간이 지난 것을 뒤늦게 깨달은 탓이었다.

"어머니는?"

자신만의 생각에 빠져 어머니를 잊었다는 자책감이 동시에 들었다.

주찬은 미친 사람처럼 곧장 어머니의 방문 쪽으로 달렸다.

철컥.

문을 열고 들어가는 순간 주찬은 순간적으로 아찔함을 느꼈다.

스미스와 간호사 둘이 매달려 씨름하는 모습이 한눈에 보였다.

불길한 느낌.

어머니는 거의 아무런 의식이 없는 채 힘없이 몸이 흔들릴 뿐이었다.

뚝뚝.

스미스의 가운에 땀이 떨어지는 것이 보였다.

스미스와 간호사들은 그야말로 최선을 다하고 있었다.

미처 뭐라고 말을 걸기도 애매한 상황이었다.

주찬은 놀란 가슴을 애써 진정시키며 스미스에게 다가섰다.

스미스와 간호사들은 주찬을 미처 보지도 못한 상황이었다.

그들은 오로지 한 가지 생각에 집중한 채 어머니 살리기에 여념이 없었다.

주찬은 두 주먹을 불끈 쥔 채 마냥 기다릴 수밖에 없었다. 지금 무슨 말을 건넨다면 돌이킬 수 없는 상황이 올 수 있었다.

"강심제 두 배로."

"선생님, 그럼 위험합니다."

"이대로 있으면 그냥 죽어."

스미스의 진땀나는 목소리에 간호사가 얼른 주사약을 뽑아 건네줬다.

푹.

스미스는 망설임없이 어머니의 심장 쪽에 강심제를 꽂았다.

순간 주찬은 고개를 돌리고 말았다.

거의 뼈밖에 남지 않은 어머니에게 강심제란 얼마나 좋지 않은지 잘 알고 있었다.

그러나 그거라도 하지 않는다면 죽을지도 몰랐다.

"한 번만."

주찬은 아주 작게 소리쳤다.

한 번만이라도 어머니의 목소리가 듣고 싶었다.

주찬의 머릿속에는 짧은 후회가 들었다.

이대로 그냥 병원에 놔뒀으면 어떨까 하는 생각이 들었지만 이내 고개 저었다.

그랬다면 어머니는 이미 이 세상 사람이 아니었다는 생각이 들었다.

"잘한 일이야."

주찬은 스스로에게 위로하듯이 말했다.

그렇게 얼마의 시간이 지났을까?

주찬의 귀에는 방 안에 있는 시계 초침 소리가 마치 천둥처럼 들렸다.

째깍째깍.

주찬은 주먹을 부르르 떨면서 아무 소리 없이 바라봤다.

이십여 분이 지났을 무렵, 마침내 스미스의 손이 떨어지며 진땀을 흘리며 돌아섰다.

"주찬 씨."

"갑자기 왜? 어찌 된 겁니까?"

주찬의 힘없는 목소리에 스미스가 고개를 저었다.

"응급조치는 취했습니다. 그러나 아무래도 오늘밤을 넘기기는 어려울 것 같습니다. 이유는 모르지만 신체 모든 기능이 급격히 약화됐습니다."

"고생하셨습니다."

주찬은 고개를 깊이 숙였다.

지금 이 순간은 스미스가 돈 때문에 했다는 생각은 들지 않았다.

아니, 그렇게 생각하고 싶지가 않을 뿐이었다.

스미스는 가만히 주찬을 바라보며 말했다.

"조금 있으면 의식은 돌아올 겁니다. 그때 마지막 말씀이라도."

주찬이 말없이 스미스를 바라볼 뿐이었다.

스미스는 살짝 고개를 돌리며 마저 말했다.

"말씀하시는 게 좋을 겁니다. 아마 다음 기회는."

"힘든가요?"

스미스가 얼른 일어서 주찬에게 다가섰다.

"잠깐 나가서 얘기할까요?"

"네."

주찬 얼굴색이 변한 채 스미스의 뒤를 따랐다.

밖으로 나가자 스미스가 주찬에게 말했다.

"아무래도 오늘이 고비일 것 같습니다."

"더 이상 어떻게 안 되겠습니까?"

"저희가 할 수 있는 건 다 했습니다."

스미스는 영 죄송스러운 표정이었다.

주찬은 스미스를 탓하고 싶은 마음이 하나도 없었다. 스미스는 자기의 위치에서 최선을 다했다.

그거 하나만으로 충분히 만족한 주찬이 깊이 고개 숙였다.

"애써주셔서 감사합니다."

"그게……."

스미스는 영 민망한 모양이었다. 정당한 대가를 받고 한 일이지만 주찬의 태도를 보니 영 자신에게 꺼림칙한 모양이었다.

주찬은 스미스에게 조용히 말했다.

"어머니와 둘이 있게 좀 해주시겠습니까?"

"그건."

"부탁드립니다."

주찬의 얼굴 표정을 본 스미스가 고개를 끄덕였다.

"그렇게 하겠습니다. 있어 봐야 제가 더 이상 도움드릴 게 없어 죄송하군요."

"제가 부탁 하나 드려도 되겠습니까?"

주찬이 묻자 스미스가 고개를 끄덕였다.

"제가 할 수 있는 일이라면요. 살려달라는 건 저도 힘듭니다."

"그런 부탁이 아닙니다. 우리 어머니가 얼마나 버틸 수 있겠습니까?"

"서너 시간 정도는 가능할지 모릅니다."

스미스는 확답을 주지 않았다.

어떤 확답을 준다는 것은 자신에게 유리하지 않다는 것을 잘 알고 있었다.

주찬은 그런 스미스의 마음을 충분히 이해했다.

"제 부탁은 아주 간단합니다."

"말씀해 보시죠."

"마지막 순간을 어머니와 함께하고 싶습니다. 만약 무슨 일이 있다면 연락드리지요."

"그럼 우리는 아래층 방에 가 있겠습니다."

혈육이 뭔지를 알기에 스미스가 고개 숙이며 다시 어머니 방으로 향했다.

따라 들어온 주찬의 시선은 이미 간호사에게 돌아갔다.

"정말 고생 많으셨습니다."

간호사들은 아무 말 없이 주찬에게 목례하고 방을 나섰다.

인사를 마친 주찬이 방문을 닫았다.

철컥.

이제 오로지 어머니와 자신, 둘뿐이었다.

문이 닫히자 이제는 이 공간에 금방이라도 숨을 거둘 듯한 어머니, 그리고 주찬이 남아 있을 뿐이었다.

긴장이 됐지만 주찬은 애써 마음을 달랬다.

지금 이 순간 무슨 조치라도 취할 수 있는 건 자신밖에 없었다.

마지막 희망이 자신이라는 사실에 씁쓸한 웃음이 나올 정도였다.

주찬은 어머니의 얼굴을 뚫어져라 쳐다봤다.

다행히 아직 의식은 제대로 차리지 못해 그나마 마음이 편했다.

깨어 있다면 다시 고통에 몸부림칠지도 몰랐다.

물론 주찬은 전에 시도했던 것보다 훨씬 힉스입자를 제어할 자신이 있었다.

그 마음을 가지고 주찬이 어머니에게 손을 댔다.

판단은 그렇게 했지만 혹시 모를 일이다. 일이 잘못되면 어머니가 죽을 수도 있었다.

그러나 더 이상 지체할 수 없는 일이기에 주찬은 망설이지 않았다.

"도와다오."

생명이 없는 무언가에게 간절히 불러보기는 처음이었다.

주찬이 손을 대자 힉스입자가 미친 듯이 어머니의 몸속으로 파고들었다.

힉스입자는 하나둘씩 움직이며 어머니 몸속에 있는 악성종양들에게 다가갔다.

번쩍!

주찬은 머리가 마치 강한 불빛이라도 받은 듯 온통 하얘지는 기분이다.

그리고 그리 오래지 않아 주찬의 입가에서 가는 미소가 떠올랐다.

힉스입자는 빛의 속도보다 빨리 어머니의 목숨을 희롱하던 악성종양의 약점을 알아냈다.

힉스입자는 실로 놀라운 힘을 발휘했다. 주찬에게 어머니의 병에 대한 정보를 낱낱이 알려주었다.

"그랬구나."

주찬은 자기도 모르게 입을 열었다.

힉스입자가 준 정보는 의외로 간단하면서도 심오했다.

어머니가 왜 악성종양을 가지게 됐는지 어떤 배경으로 움직이려 했는지가 속속들이 머릿속에 들어왔다.

왜 체내에 있는 항체들이 악성종양을 묵인했는지에 대해서도 알 수 있었다.

이질 세포들은 실로 놀라운 변신술과 위장술을 가지고 있었다.

항체들이 마치 자신들이 원래 있었던 세포인 것처럼 위장했다. 덕분에 항체 세포들은 악성종양에 속수무책으로 당했다.

그 결과 어머니가 이 지경이 됐다는 것을 알 수 있었다.

주찬의 눈이 좀 더 깊은 곳으로 향했다. 그러자 또 다른 정보가 속속 들어오기 시작했다.

언제, 어디서, 왜라는 대명제가 들어온 것이다.

악성종양이 들어온 시점, 그리고 어머니의 생명을 위협할 정도로 자라난 시점들이 들어왔다.

주찬은 머릿속으로 빠르게 생각을 굴렸다.

"어떻게 어머니 병을 치료할 것인가."

결론은 의외로 간단했다.

악성종양이 몸에 나쁘다는 것을 항체에게 알려주면 될 일이었다.

"가능할까?'

주찬의 의지가 힉스입자에게 그대로 전달됐다.

그러자 힉스입자는 또 놀라운 변신을 보였다.

어머니의 몸 안에 있는 악성종양에게 하나씩 달려들었다. 물론 쉬운 작업은 아니었다. 주찬의 이마에서 땀이 뚝뚝 떨어지고 손이 바르르 떨렸다.

어머니도 무의식중에서도 고통스러운지 강하게 눈살을 찌

푸리는 모습이 보였다.

그러나 주찬은 한 가지에 열중한 터라 그 표정까지는 미처 보지 못했다. 어쩌면 보지 않은 편이 좋았다.

만약 봤다면 주찬의 마음이 약해져 어떤 결과를 초래할지는 아무도 몰랐다.

결국 힉스입자들은 위장했던 악성종양들을 항체 세포가 알아보기 쉽게 변화시켰다.

지금까지는 악성종양들이 세포 쪽에 숨어 그저 원래 있던 것처럼 움직였다.

그러나 힉스입자가 작용을 하자 항체 세포는 악성종양이 무엇인지를 금방 알아볼 수 있었다.

중요한 역할이었다.

사실 악성종양의 위장에 항체가 제대로 대처하지 못해 병을 키웠다.

그런데 그 정체를 항체에게 알려주니 필사적인 저항은 당연했다.

그건 인체 스스로 방어막을 치기 시작한단 의미였다.

"여기까지."

주찬은 힉스 세포를 다시 몸으로 불러들였다.

"윽!"

강한 충격과 함께 이번에는 또 다른 일이 벌어졌다.

"이럴 수가."

주찬이 깜짝 놀라 크게 고함칠 뻔한 정도였다.

힉스입자가 이번엔 주찬의 몸 상태가 왜 이렇게 위험한지를 알려준 것이다.

주찬의 몸에 힉스입자는 필요악이었다. 지금까지 주찬을 전에 있던 생을 버리게 만든 놀라운 결과를 이끌었다.

그러나 그 강한 힘은 주찬의 몸을 점점 피폐화시켜 약하게 만들었던 것이었다.

그 이유가 낱낱이 밝혀졌다.

한마디로 말해 힉스입자는 사람이 가질 물질이 아니었다.

힉스입자의 강력한 힘에 몸 안 조직들이 제대로 움직이지 못했다는 것을 한눈에 느낄 수 있을 정도였다.

"그랬구나."

인간으로서 감당할 수 있는 것과 아닌 것이 있다.

힉스입자는 바로 후자의 경우였다.

주찬의 몸이 사람인 이상 어쩔 수 없는 결과이기도 했다.

"방법은?"

주찬은 힉스입자에게 물었다.

힉스입자는 온몸을 휘몰아치며 또한 고통으로 몰아들었으나 주찬은 한 가지를 물고 늘어졌다.

"방법은?"

몇 번이나 물어봤다.

그렇게 얼마의 시간이 지났을까?

주찬은 마침내 알아낼 수 있었다.

"그랬구나."

힉스입자가 원하는 것은 간단했다.

주찬의 몸 안에 힉스입자가 너무 많았다.

이치에 맞게 어느 정도 배출하는 것이 주찬의 몸 상태를 다시 정상으로 돌릴 수 있는 유일한 길이었다.

물론 완전히 전으로 돌아가는 것은 아니었다.

힉스입자가 공존할 수 있는 최적의 상태, 그것을 의미하는 것이었다.

그건 주찬이 결정할 일이었다.

몸 안에 있는 힉스입자의 반 이상을 털어내야만 했다. 그것도 한꺼번에 많이 하면 목숨을 잃을 수도 있었다.

삼 년에 걸쳐 천천히 배출하는 방법만이 유일했다. 물론 그때마다 지독한 고통이 찾아온다는 것을 알았다.

"사는 게 낫지."

최소한 죽는 것보다 낫다는 생각에 주찬이 빙긋 웃었다.

주찬은 그때서야 이해할 수 있었다.

왜 자신이 전에 이상한 오로라를 목격했던 이유를 말이다.

"그랬군."

사물의 시작과 끝을 안다는 힉스입자였다.

그 신비의 입자가 자신의 몸에 있으면 사람들의 삶과 죽음을 그대로 예측할 수 있다는 이야기였다.

"이해가 가네."

이해는 가지만 아직까지 확실하게 머릿속에 적립되기는 힘든 이야기였다.

하지만 적립되었다는 것 자체가 난해한 이야기이기도 했다.

인간이 어떻게 시작과 끝을 볼 수 있겠는가. 힉스입자의 도움이 없었다면 있을 수 없는 이야기기도 했다.

'여기까지.'

주찬은 거기서 의문을 접었다.

힉스입자의 항체는 무섭게 악성종양을 공격해 들어왔다. 거기에 힉스입자가 힘을 합치자 더욱 힘을 발휘했다.

악성종양은 미친 듯이 발악했지만 항체와 더불어 힉스입자가 공격하자 힘없이 쪼그라들기 시작했다.

물론 하루아침에 없어질 이야기는 아니었다.

"여기까지."

더 이상 한다면 어머니는 물론 자신의 생명까지도 위태롭다는 걸 감지했다.

막연한 느낌이 아니라 거의 정확한 현상을 느꼈다는 것이 정답이었다.

주찬은 손을 거두고 천천히 뒤로 물러났다.

온몸에 진이 다 빠진 상태라는 것이 바로 지금이었다. 이마와 온몸에서는 땀이 주르륵 흘러내며 옷을 마치 비 맞은 사람처럼 적시고 있었다.

어머니의 얼굴을 쳐다보던 주찬은 그때서야 빙그레 미소를 지었다.

창백한 얼굴은 사라지고 약간의 혈색이 도는 모습 그것만으로 충분히 만족했다.

"얼마나 해야 될까."

즐거운 고민이었다.

이제 치료할 수 있다는 희망이 생기자 주찬의 얼굴에도 홍조가 감돌았다.

주찬은 그렇게 어머니를 막연히 쳐다보면서 두 시간여를 보냈다.

어느덧 젖어 있던 주찬의 옷도 말랐다. 주찬은 그때서야 천천히 일어섰다.

휘청.

온몸에 힘이 빠졌지만 기를 쓰고 발길을 옮겼다.

철컥.

문을 열고 밖으로 나간 주찬이 걸음을 옮겨 옆방을 노크했다.

똑똑.

기다렸다는 듯이 문이 열리고 스미스의 얼굴이 보였다. 스미스는 잔뜩 긴장한 채 주찬을 바라보며 입을 열었다.

"어떻게 됐습니까?"

"가서 한 번 진찰을 해주시지요."

"아직."

"예, 분명히 살아계십니다."

주찬이 미소를 띠우자 스미스는 깜짝 놀라 앞으로 달려나갔다.

사실 스미스가 생각하기에는 불과 1시간 넘기기도 힘들어 보이는 어머니의 병세였다.

그저 예측이 아니라 여태까지 수많은 임상 사례를 통해 얻어온 생생한 삶의 경험이었다.

그런데 살아 있다니. 스미스는 놀라지 않는 게 이상했다. 뒤를 따라 간호사들도 부리나케 뛰어 들어갔다.

주찬은 순간의 희열을 만끽하며 잠깐 벽에 기대어 서 있었다.

아직은 체력이 정상적으로 돌아오지 않아 걸음을 옮기기가 그다지 쉽지 않았다.

그렇게 몇 분을 소모한 후에야 다시 어머니의 침대가 있는 방으로 들어섰다.

스미스는 미친 듯이 어머니 온몸을 청진기로 헤집었다.

"이럴 수가."

놀란 목소리에 주찬은 속으로 웃었다.

'이상할 겁니다.'

그러나 겉으로는 티를 내지 않고 스미스에게 다가갔다.

"어떠십니까?"

"혈색도 돌아오시고 자세한 건 모르겠습니다만 병세가 많이 좋아진 것 같습니다. 어떻게 이런 일이."

"확실합니까?"

"아까 같은 상태와는 다릅니다. 이거 일단 큰 병원에 가서 다시 한 번 정밀진단을 받는 게 어떠시겠습니까?"

"며칠 있다가 가도록 하죠. 아직 어머니 병세가 그리 여의치 않아 이동이 힘들 것 같습니다만."

"알겠습니다. 그동안 저도 최선을 다해보겠습니다."

스미스도 얼굴에 활기가 돈 모습이었다.

왜 아니 그러겠는가.

금방 죽어도 이상하지 않았던 주찬의 어머니가 살아났다는 것에 대해 그도 기쁜 얼굴을 감추지 못했다.

의사란 무엇인가.

사람을 살리는 사람들이었다.

그런데 죽어가는 사람을 보고 힘없이 돌아섰던 자신이었다.

그런데 지금은 달랐다.

할 수 있다는 생각이 들자 스미스는 그때부터 열정을 가지고 치료하기 시작했다.

주찬은 그런 스미스에게 다가서며 조용히 말했다.

"하루에 한두 시간씩만 어머니와 같이 있을 시간을 주시지 않겠습니까?"

"지금 상태라면 어렵지 않을 것 같습니다. 그런데 상당히 피곤해 보이십니다."

"좀 지치네요. 가서 좀 쉬어도 되겠습니까?"

"그러세요. 나머지는 저희에게 맡기시고요."

스미스는 자신만만한 목소리로 말했다.

그가 보기에도 어머니의 심장박동, 그리고 모든 상태가 정상이라고 볼 수는 없었지만 전보다는 훨씬 나았다.

이해할 수 없다는 눈빛으로 바라보는 스미스를 뒤로 하고 주찬은 방으로 갔다.

이제는 주찬이 쉬어야 될 타임이었다.

"고맙다."

주찬은 배를 툭툭 두들겼다.

자신의 몸 안에서 움직이고 있는 힉스입자에 간절한 고마움을 표현하고 싶었다.

"네가 생명이 있다면."

큰절이라도 넙죽하고 싶은 심정이었다.

Chapter 03

또 하나의 생명

1월 0일

하루 이틀 어머니의 상태는 시간이 갈수록 놀랍도록 호전되고 있었다.

오죽하면 스미스가 당혹스러운 표정으로 주찬을 찾아올 정도였다.

"도대체 어떻게 된 겁니까?"

"뭘 말씀하시는 건지요?"

주찬이 시치미를 뚝 떼자 스미스가 달려들 듯이 물었다.

"도저히 가망이 없는 환자였습니다."

"세상에는 기적이 항상 존재하죠."

"아니, 그래도 제 눈으로 보니 이거 참 뭐라고 드릴 말씀이……. 도대체 어떻게 된 겁니까?"

"서양과 달리 동양에는 자연을 순응하는 기 치료라는 게 있습니다."

"기 치료라면?"

"그런 게 있다고 생각하시면 됩니다."

주찬은 더 이상 길게 얘기하고 싶은 마음이 없었다.

어머니를 치료했다는 그 사실 하나만으로 충분히 만족할 뿐 스미스에게 정확히 설명할 이유가 하나도 없었다. 그러나 스미스 입장은 달랐다.

"자세히 말씀해 주실 수 있겠습니까?"

주찬이 스미스를 가만히 바라보았다.

이대로 그냥 넘어간다면 스미스가 떠들고 다녀 귀찮은 일이 발생할 공산이 컸다. 그렇다면 그 입을 막아야만 했다.

주찬은 싱긋 웃으며 스미스에게 말했다.

"한국에서 가져온 특효약이 있는데 좀 통한 것 같습니다."

"특효약이라면 어떤 걸 말씀하시는 건지요?"

"이겁니다."

주찬이 꺼내는 커다란 검은 환이었다.

"이게 뭡니까?"

"한국의 자연에서 얻은 걸로 만든 약이지요."

"아, 그렇습니까? 이거 제가 하나 가져도 되겠습니까?"

"뭐 그러시지요."

"아! 정말 감사드립니다. 대신 여기 왔던 제 왕진비는 일체 받지 않겠습니다."

"아니, 그건 받으십시오."

주찬이 뭔가 찔린 듯한 표정으로 얼른 손을 저었다.

주찬이 건넨 것은 다름 아닌 우황청심환. 한국에서 그저 돈만 원 이하로 살 수 있는 흔한 약 중에 하나였다.

그걸 가지고 거금을 포기하겠다는 스미스를 보니 미안한 마음이 들 정도였다. 그러나 스미스는 정색하며 말했다.

"괜찮습니다. 이런 귀한 약도 주셨는데 제가 돈까지 받는다면 그건 말이 안 되지요."

"아니, 그래도."

"절대 받지 않습니다. 그리고 감사합니다."

다시 한 번 스미스가 고개 숙이고 방으로 뛰어 들어갔다. 보나마나 약은 어딘가에 깊이 보관할 게 분명했다.

뒤에 혼자 남아 있던 주찬이 머리를 벅벅 긁었다.

"일이 이상하게 돌아가네."

그러나 주찬은 더 이상 말할 수가 없었다.

괜히 여기서 솔직하게 말했다가는 그다지 좋은 결과를 보기 힘들었다.

"그래, 좋게 넘어가자."

띠릭.

휴대폰이 울자 주찬이 얼른 받아 들었다.

"아버지."

—어머니는 어떠시냐.

아버지는 거의 체념에 찬 목소리를 토해냈다.

주찬은 그런 아버지에게 말을 돌릴 엄두가 나지 않았다. 공연히 한마디 실수한다면 어떠한 일이 일어날지 조심스러웠다.

"많이 호전됐습니다."

—그거 나 위로하려고 하는 말이냐?

"아닙니다. 정말 호전되고 있어요. 아마 이틀 정도 있으면 뚜렷한 결과가 나타날 것 같습니다."

—정말 네 에미가 좋아졌다는 거냐?

아버지는 영 믿기지 않는 표정이었다.

그도 그럴 것이 병원에서 금방이라도 숨이 넘어갈 듯한 어머니를 보았던 터였다.

그런데 주찬이 갑자기 어머니가 좋아졌다고 하니 믿기 힘든 건 사실이었다.

주찬은 그런 아버지에게 천천히 설명했다.

"제가 기 치료 잘하시는 분 있다고 했잖아요. 그분이 어머니하고 궁합이 잘 맞았던 모양입니다."

—정말이냐?

처음으로 아버지의 목소리가 떨렸다.

주찬은 그런 아버지에게 숨 쉴 틈도 없이 얘기했다.

"좋아졌다니까요. 이틀 정도 있으면 아마 뵐 수 있을 것 같습니다."

─정말 나 듣기 좋으라고 하는 소리 절대 아니지?

그러나 자신이 아버지 입장이어도 똑같은 생각이 들었단 생각에 주찬은 천천히 미소 지으며 말했다.

"저 믿으세요. 저 거짓말하는 거 아니거든요."

─알았다. 지금이라도 가면 안 되겠느냐?

"지금 마지막 회복기라서 안정이 필요해요."

─답답하구나, 알았다.

아버지는 길게 통화하지 않았다. 주찬은 생각난 김에 곧바로 민찬에게 전화했다.

"민찬이냐."

─형, 어떻게 된 거야!

민찬의 목소리도 잔뜩 흥분된 채 떨렸다.

주찬은 그런 민찬에게 천천히 설명했다. 아버지에게 했던 말을 똑같이 전해주자 민찬도 믿기지 않는 표정이었다.

─저, 정말이지?

"아버지도 그 말 했다. 완전히 회복되면 곧바로 한국으로 돌아갈 테니까 그때 잘 모셔라."

─형.

"됐어. 어머니 때문에 바쁘니까 나중에 통화하자."

통화를 끊고 난 주찬은 골머리가 지끈거렸다.

이제는 자신이 팽개쳐놓은 일도 생각났다. 하지만 주찬은 이미 생각을 굳혔다.

주찬은 굳게 결심한 채 바로 휴대폰을 들었다.

"주찬입니다."

—예, 어떻게 되신 겁니까?

"일은 잘되고 있지만 아직까지 여러 가지가 걸립니다. 그리고 앞으로도 한국 일은 계속 맡아주십시오."

—아니, 복귀 안 하시는 겁니까?

놀란 유도균의 목소리에 주찬이 싱긋 웃으며 말했다.

"맡아주십시오. 전 다른 일을 해야 될 것 같습니다. 자세한 이야기는 한국에 들어가서 이야기하도록 하죠."

—그거야 뭐 알겠습니다. 와서 보고드리겠습니다.

주찬은 마지막으로 통화를 마치고나자 속이 후련한 기분이었다. 사람이 살아가는 것에 여러 가지 인연의 묶음이었다.

급한 일 때문에 여기에 처박혀 있었지만 조금 정신이 들자 여러 가지 생각이 든 탓이었다. 그러나 주찬의 생각은 다른 곳에 있었다.

"시작과 처음을 안다."

분명히 무언가 큰 실마리가 풀린 기분이었다.

그걸 찾아내는 것이 가장 큰 문제였다.

세상 모든 것을 다 가진다고 해도 자신의 목숨이 없으면 소용없는 일이다.

주찬은 기회를 잡았는데 그걸 허비하고 싶은 마음은 없었다.

공연히 다른 데 신경 쓰다가 자신이 죽는다면 그것만큼 최악의 경우는 없었다.

"그것만큼은 절대로 막아야지."

주찬이 혼잣말처럼 중얼거렸다.

이틀이 지났다.

어머니는 어느 정도 회복되어 비틀거리나마 이제는 조금씩 걸을 수 있는 지경이었다.

그 모습을 바라보던 주찬은 가슴 가득 뿌듯함을 느꼈다.

"살렸어."

운명을 거역했다는 그 기쁨은 아무도 상상하기조차 힘들었다.

물론 그 누구에게도 말할 수 없는 일이지만 스스로에게 충분히 만족할 만한 일이었다.

다만 옆에서 보고 있던 스미스와 간호사는 경악에 찰 뿐이었다.

"믿을 수가 없어."

"저도 그래요. 선생님."

스미스와 간호사의 대화를 듣던 주찬은 싱긋 웃고 말았다.

그들의 의문을 굳이 풀어줄 필요도 느끼지 못했다.

마침내 어머니가 어느 정도 회복된 걸 안 주찬은 스미스에게 넌지시 말했다.

"병원에서 진단을 받아보는 게 어떨까요?"

"저도 그 생각입니다."

"움직여도 괜찮으시겠죠?"

"저 정도면 아무 문제없습니다. 제가 건강 체크를 해보니 정상인보다 힘이 조금 떨어질 뿐 아무 이상이 없었습니다."

자신감에 찬 스미스 말에 주찬이 물었다.

"정말 그럴까요?"

"병원에서 정확한 정밀검사를 받아 봐야겠지만 완치거나 아니면 극히 약화된 병세일 겁니다."

스미스도 호기심에 가득 찬 눈빛이었다.

죽을 줄 알았던 환자가 살아났다는 것은 의학적으로 큰 이변이기도 했다.

그 사실을 스미스는 자기 눈으로 확인해 보고 싶은 마음이었다. 그러나 주찬은 스미스에게 제동을 걸었다.

"어머니를 임상 실험 대상으로 생각하시면 안 됩니다."

"아니, 그래도……."

"절대 거부하겠습니다. 그저 건강 체크만 하고 이상 없다면 바로 퇴원할 겁니다."

"아니, 그건."

스미스가 영 안 내키는 어투로 얘기하자 주찬이 단호하게 얘기했다.

"그렇게 하겠습니다."

딱 잘라버리는 말에 스미스도 더 이상 말하지 않았다.

주찬은 곧바로 휴대폰을 들어 아버지에게 이야기했다.

"아버지 이쪽으로 오시죠."

—어머니는 괜찮냐?

"확실히 좋습니다."

—얼마나?

주찬은 아버지의 질문에 한 가지로 대답했다.

"어머니 지금 조금씩 걸어 다니십니다."

—기다려라.

아버지는 흥분된 목소리를 감추지 못하고 바로 통화를 마쳤다.

주찬이 하늘을 보며 싱긋 웃었다.

"오늘따라 하늘이 맑네."

아버지가 도착한 것은 30분도 채 지나지 않아서였다.

아버지는 택시에서 내려서 허겁지겁 바로 주찬에게 달려왔다.

"어디 있더냐?"

"지금 거실에 앉아계세요."

"앉아 있어? 같이 가자."

말을 그렇게 했지만 아버지는 혼자 거실 쪽으로 달려갔다.

뒤를 따라가던 주찬이 싱긋 웃으며 곧바로 뒤를 따르지 않았다. 아주 천천히 걸으며 부부의 상봉을 충분히 기다려줬다.

거실에 들어선 주찬의 눈에 보이는 건 아버지 손을 꼭 잡고 있는 어머니 모습이었다.

주찬은 천천히 다가가 아버지에게 말했다.

"괜찮으시죠?"

"도, 도대체 이게……."

아버지는 떨리는 목소리로 주찬을 바라보았다.

이슬.

아버지의 눈에서는 분명히 이슬이 주르륵 흘러내리고 있었다.

그토록 강인하던 아버지의 눈에서 눈물이 나는 걸 본 주찬은 왠지 모르게 가슴이 찡함을 느꼈다.

'저게 부부인가.'

평생을 고생하며 살아왔지만 서로 위하는 마음이 그대로 느껴졌다.

주찬은 남몰래 결심했다.

'나도 저렇게 산다.'

세상 사는데 돈보다 더 중요한 건 사랑이라는 걸 느끼는 순간이었다. 하지만 주찬은 겉으로 내색하지 않은 채 아버지에게 말했다.

"아버지 이제 병원으로 같이 가셔야 됩니다."

"벌써?"

"빨리 가서 진단을 받고 한국으로 돌아가셔야죠."

주찬의 말에 어머니가 먼저 반응했다.

"그래, 한국으로 돌아가고 싶구나."

힘없는 목소리였지만 어머니의 말에는 한 가지가 분명히 느껴졌다. 고향으로 돌아가고 싶다는 강한 의지가 느껴졌다.

주찬은 그런 어머니에게 화사하게 웃으며 말했다.

"조금 있으면 구급차가 올 겁니다. 타고 가시면 돼요."

"정말 내가 완치됐을까?"

"그럼요."

주찬이 말하자 어머니가 의미심장한 미소를 지었다. 어머니의 모습을 보고 방으로 가려던 주찬에게 목소리가 들렸다.

"주찬아."

힘없는 목소리였지만 주찬은 반사적으로 고개를 돌렸다.

"예, 어머니."

"잠깐 나랑 이야기 좀 할래?"

"그러세요. 괜찮으세요?"

주찬이 다가가 손을 잡고 묻자 어머니가 의미심장한 눈빛을 보냈다.

아버지는 이미 구급차를 기다리려 현관에 간 후라 단둘만 자리했다.

"주찬아, 내가 다 알아."

"뭘 말이에요?"

"너 어디서 그런 걸 배웠니?"

"……"

주찬은 찔끔함 표정으로 뒷말을 잇지 못했다. 그러자 어머니가 주찬의 손을 잡으며 말했다.

"남이 못하는 능력이 있으면 힘들어질 수 있어."

"저도 압니다."

"그런 능력 함부로 보이는 거 아니다. 그리고 네가 갑자기 변한 건 이런 능력과 연관이 있는 거니?"

"없다고 부인할 수는 없네요."

주찬이 솔직하게 털어놓자 어머니가 눈빛을 가라앉혔다.

"누구에게도 말하지 마라."

"그럴 생각입니다."

"이 에미도 무덤까지 가지고 가마."

"어머니."

어머니의 사랑이 느껴지는 순간이었다.

결국 어머니는 주찬이 하는 걸 다 알고 있으면서도 모른척 시치미를 떼고 있음이 분명했다. 그 깊은 사랑에 주찬은 절로 고개가 숙여졌다.

"주찬아."

"말씀하세요."

"절대 말하면 안 된다. 세상에는 뛰어난 능력을 가지면 꼭 돌을 맞게 되어 있어."

"그렇더라고요."

주찬이 농담조로 말하자 어머니가 정색했다.

"기억해라. 이 에미의 말을."

"그럼요. 절대 잊지 않겠습니다."

주찬이 어머니의 손을 잡았다.

며칠 후 주찬과 어머니의 등장으로 병원은 발칵 뒤집혔다.

"세상에 어떻게 이런 일이!"

검사를 하면 할수록 주치의와 전문의들은 경악을 금치 못했다.

형광판 어디에서도 악성종양의 흔적은 찾을 수 없었다. 그 모습을 느긋하게 바라보던 주찬이 한마디 했다.

"완치가 확실합니까?"

"현재로서는 그렇습니다. 도대체 어떻게 된 겁니까?"

"글쎄요."

주찬은 더 이상 말을 아꼈다. 그러나 같이 왔던 스미스가 가만히 있을 리가 없었다.

입술이 꿈틀거렸으나 주찬이 예리하게 노려보자 스미스가 이내 시선을 돌렸다. 그것을 눈치챈 주치의가 바로 스미스에게 물었다.

"어떤 일인가?"

"저도 잘 모르겠습니다."

스미스는 말을 얼버무렸다.

주찬은 그들의 놀람 따위는 아무런 관심이 없었다. 중요한 건 한 가지를 물어보는 일이었다.

"완치가 확실합니까?"

"아까도 말씀드렸습니다만 악성종양의 흔적은 없습니다."

"그럼 바로 모시고 가겠습니다."

"잠깐만."

주치의가 막자 주찬이 싸늘하게 말했다.

"임상 실험을 하겠다는 소리는 하지도 마십시오."

"……."

그러자 주치의가 입을 다물었다.

만약 주찬이 돈이 없다면 거액을 줘서라도 하고 싶은 마음이 굴뚝이었다. 하지만 그가 생각해도 주찬은 뒷배경을 가진 실력자였다.

그런 사람을 잘못 대했다가는 골치 아픈 일이 발생하기 십상이었다. 그걸 잘 알고 있는 주치의가 더 이상 말하지 않았다.

주찬은 주치의에게 살짝 고개 숙였다.

"그동안 감사했습니다."

그걸로 끝이었다. 더 이상 얘기하고 싶은 마음도 없었다. 주찬은 곧바로 어머니에게 다가섰다.

"어머니, 한국으로 가야죠."

"이제 가는 거니?"

"그럼요. 많이 회복되셨으니까 이제 가셔야죠. 비행기 타실 수 있겠죠?"

"그럼."

어머니가 환하게 웃자 주찬이 농담을 던졌다.

"이번에는 전세기 아닙니다."

"그래, 쓸데없이 돈을 쓰면 안 되지."

"대신 일등석으로 모실게요. 걱정하지 마세요."

주찬이 웃으며 말하자 뒤에서 바라보던 아버지가 웬일인지 농담을 던졌다.

"나도 일등석이냐?"

"그럼요. 가서 동생들도 봐야죠."

주찬이 환하게 웃었다.

퇴원 직전, 렌트한 저택에서 고생했던 스미스가 주찬을 찾아왔다.

영 난처한 기색으로 바라보던 그를 보고 주찬이 한마디 했다.

"무슨 일 있으세요?"

"아니, 그게."

"편하게 말씀하셔도 됩니다."

주찬의 말에 스미스가 머뭇거리며 겨우 입을 열었다.

"그때 주신 그 약 있지 않습니까."

"아, 예. 그 약이요. 그게 뭐 잘못됐습니까?"

"아니요. 굉장히 위독한 환자에게 줬는데 순간적으로 정신을 차리시더라고요. 그런데."

"……."

주찬이 말없이 바라보자 스미스가 할 수 없이 입을 열었다.

"결국은 돌아가셨습니다."

"그거 참 안 됐군요."

"다행인 건 마지막으로 정신을 차려서 유언을 할 수 있었다는 거죠. 덕분에 깨끗하게 정리된 건 있습니다."

"그러셨군요."

주찬은 솔직히 살짝 놀랐다.

우황청심환이 그 정도까지는 몰랐다. 스미스도 고개를 갸웃거리며 말했다.

"그런데 그 약이 왜 그랬을까요?"

"사람마다 체질이 다르니까 그럴 수 있겠죠."

"또 그 약을 구할 수 있을까요?"

"아니요. 저도 더 이상 구할 길이 없습니다."

주찬이 시치미를 뚝 뗐다.

구하려면 얼마든지 구할 수 있는 약이었지만 공연히 하나 더 줬다가 성분이라도 분석한다면 골치 아픈 일이 발생할 수 있었다.

이런 난처한 일은 여기서 멈춰야 했다.

스미스가 머리를 긁적거리며 인사했다.

"좌우간 감사합니다."

"큰 도움이 안 돼서 죄송하군요."

스미스가 멀리 떠나자 주찬이 싱긋 웃었다.

"별일이 다 있네."

손님은 연이어 방문했다. 이번엔 에버트 바이엘 수석이사가 찾아왔다.

에버트 바이엘 수석이사는 밝은 목소리로 주찬에게 말했다.

"축하드립니다. 어머니께서 완쾌되셨다고요."

"덕분에요. 감사드립니다. 여러모로 신경 써주셔서."

주찬이 판에 박힌 멘트를 날리자 에버트 바이엘 수석이사가 은근한 시선으로 말했다.

"이제 다시 연구에 신경 쓰실 시간이 되지 않았습니까?"

"아니요. 한동안은 쉬어야 될 것 같습니다."

"쉬다니요?"

깜짝 놀란 에버트 바이엘 수석이사에게 주찬이 솔직하게

털어놓았다.

"이제는 다른 쪽으로 연구해 보려고 합니다."

"아, 이런."

영 아쉬운 표정인 에버트 바이엘 수석이사에게 주찬이 말했다.

"지금 있는 것으로 충분하지 않나요?"

"그렇긴 하지만."

"그 걸로 만족하십시오. 그리고 앞으로 모든 일은 미스터리, 이정길 씨와 주로 상의하시면 될 겁니다."

"아니, 그게 그래도."

에버트 바이엘 수석이사는 영 아쉬운 마음이었다.

주찬의 옆에 있다면 자신의 야망에 날개를 달 수 있을 것이다.

그런데 주찬이 다른 길로 간다니 영 기분이 상한 표정이었다.

하지만 주찬은 에버트 바이엘 수석이사의 기분 따위는 상관없었다. 작은 정 때문에 자신의 일을 망치고 싶은 생각은 없었다.

주찬은 냉정하게 에버트 바이엘 수석이사에게 말했다.

"다음에 기회가 있으면 와서 식사라도 한번 하시죠."

"아, 예. 그러시죠."

"오늘은 제가 어머니 때문에 바빠서 이만."

주찬이 고개 숙이고 나가자 에버트 바이엘 수석이사가 멍한 표정으로 바라보았다.

뒤통수가 따끔거렸지만 주찬은 신경조차 쓰지 않았다.

어차피 자신의 이익 때문에 주찬에게 잘해준 걸 잘 알고 있기 때문이었다.

"그 정도면 충분해. 먹고 떨어져."

주찬은 싱긋 웃었다.

병원에서 하루를 푹 쉬며 링거 등을 맞아 몸을 회복한 어머니였다.

주찬은 그런 어머니에게 다가가 얘기했다.

"비행기표 예약했습니다. 오늘 오후 4시 비행기예요. 가시죠."

"그러자꾸나."

어머니의 말에 옆에 있던 아버지가 화색을 띠며 얼른 준비를 서둘렀다.

"빨리 가자. 아이고, 된장국이 먹고 싶어서 혼났어."

"이제 실컷 드실 텐데요."

"그래야지. 자, 갑시다."

아버지는 얼른 어머니를 일으켜 세웠다. 주찬이 다가섰지만 아버지가 손을 저었다.

"내가 하마."

"그러세요."

주찬도 군이 역성을 들고 싶은 마음은 없었다.

아버지가 어머니에게 보일 수 있는 조그마한 정성이라는 걸 모르지 않았다.

다음 날 태평양을 건너 한국에 도착한 주찬 일행이 인천공항에 내렸다.

입국수속을 마치고 나가자 동생인 이민찬과 이혜리가 기다리고 있었다.

"엄마!"

이혜리가 바로 외마디 비명을 지르며 어머니에게 달려들자 주찬이 앞을 가로세웠다.

"야, 인마, 어머니 쓰러져."

"오빠, 어머니가."

"그래, 어머닌 이제 건강하셔."

주찬이 환하게 웃자 이혜리가 이번에는 주찬의 품에 안겼다.

"오빠, 고마워."

"고맙다니 무슨 소리야."

"어머니 살렸잖아."

"너 정신이 있냐? 내 어머니이기도 하거든."

그때서야 배시시 웃는 이혜리의 눈가에는 눈물이 주르륵

흘러내렸다.

"울지 마. 이 좋은 날에 우는 거 아니야. 어머니 모시고 집으로 가야지."

"그럼 가야지."

그때서야 다가선 민찬이 주찬에게 말했다.

"형, 정말 수고했어요."

"수고는 무슨."

"오늘만큼은 내 인정할게. 형은 내 형이야."

"그럼 언제는 가짜 형이었냐?"

"아니, 진심으로 존경하는 형이라고."

민찬의 말에 주찬이 머리를 슬쩍 건드렸다.

"실없는 소리하지 말자."

"정말이라니까."

"그래, 알았으니까 얼른 모시고 가자."

주찬은 민망한 상황을 빨리 벗어나고 싶었다. 두 동생이 자신을 바라보는 눈빛에 존경의 기운이 감도는 걸 보자 왠지 머쓱한 기분이었다.

힉스입자가 없었다면 과연 이런 일이 벌어질 수 있었을까 생각해 보면 절대 그럴 일은 없었을 것이다.

지금 이 순간만큼은 그 인연에 대해 절대 감사하고 싶은 심정이었다.

집으로 도착한 주찬과 식구들은 나란히 거실에 둘러앉았다. 다들 감정에 복받쳐 입을 다물자 주찬이 먼저 입을 열었다.

"오랜만에 식구들이 다 모인 것 같네."

"그렇지? 형. 이거 오늘 좋은 날이니까 가족 축하일로 할까?"

민찬이 나서자 주찬이 한술 더 떴다.

"그거 좋은 생각이다. 매년마다 기념일을 만들자."

"오빠들 오버야. 오버."

이혜리가 핀잔을 줬지만 두 형제는 아랑곳하지 않았다. 특히 민찬이 더욱 적극적이었다.

"아버지, 어때요?"

"좋구나. 한번 모여서 식사하는 건 좋은 일이지."

아버지도 그리 반대하는 기색을 보이지 않자 이혜리가 삐죽거리며 말했다.

"아버지도 남자라 이거죠? 어머니는 어때요?"

"나도 그래."

"하하하!"

다들 큰 웃음이 터져 나왔다.

모처럼 집안에 화목한 분위기가 감돌고 있었다.

주찬은 그 모습을 바라보며 산다는 것에 대해 다시 한 번 생각해 봤다.

야망도 중요하지만 가족도 중요하다는 생각이 들었다. 더불어 주찬의 머릿속에 한 가지가 번뜩 스치고 지나갔다.

정구홍 교수.

자신과 함께 자신을 키워줬던 은인 같은 사람이었다. 그가 이제 어떻게 된 건지 궁금해지기 시작한 모양이었다.

물론 어머니 치료를 통해 자신감이 생긴 후라 연락할 마음이 더 컸다.

주찬이 바로 자리에서 일어나며 말했다.

"잠깐 바람 좀 쐬고 올게요."

"그래라."

아버지가 정겨운 목소리로 화답했다. 밖으로 나온 주찬이 얼른 휴대폰을 꺼내들고 정구홍 교수에게 연락했다.

띠리릭, 띠리릭.

신호가 열 번이 가도록 받지 않아 주찬의 불안감이 커져갈 무렵이었다.

─여보세요.

힘없는 목소리가 들렸다.

"정구홍 교수님 전화 아닌가요?"

─누구신지요.

"저 이주찬이라고 합니다."

─아, 주찬 군.

안다는 듯한 목소리에 주찬이 고개를 갸웃거렸다.

"혹시 사모님?"

―그래요.

"박사님은 어디 계신지요?"

―그이는 중환자실에 있어요.

힘없는 목소리에 주찬은 아차 하는 기분이 들었다.

그러나 중환자실에 있다면 아직 살아 있다는 생각이 들자 조금 안도하는 느낌도 들었다.

주찬은 더 이상 망설이지 않았다.

"어느 병원인가요?"

―중앙대학병원이에요.

"제가 그쪽으로 가겠습니다."

―면회가 불가인데.

"일단 올라가겠습니다."

주찬은 더 이상 말하지 않았다. 주찬이 곧바로 방으로 들어가 아버지에게 말했다.

"아버지, 저 잠깐 서울에 가야 될 것 같습니다."

"또? 갑자기 서울은 왜?"

놀란 아버지의 목소리에 주찬이 차분하게 설명했다.

"실은 정구홍 교수님이……."

"아, 그래? 그럼 어서 가야지. 얼른 가봐라."

어머니도 옆에서 고개를 끄덕였다.

주찬이 막 채비하고 나가자 어머니가 아무도 몰래 조용히 불렀다.

"주찬아, 잠깐 나와 이야기 좀 할까?"

"그러세요."

무슨 일인지 대충 짐작이 가는 이야기였다. 하지만 주찬은 어머니와 함께 밖으로 나갔다.

"힘들지 않겠어?"

"별로요. 정구홍 교수님이 어떤 분인지 아시잖아요."

"알긴 안다만."

어머니는 자식이 걱정되는 모양이었다. 주찬은 그런 어머니의 손을 꼭 잡으며 말했다.

"별일 없을 겁니다."

"함부로 보이면 안 되는데."

"철저하게 할게요. 걱정하지 마세요."

"네가 그렇다면야. 언제 내려올 거니?"

어머니의 걱정에 주찬이 밝게 미소를 지었다.

"치료만 된다면 금방 내려올게요."

"그래, 그때 보자."

어머니의 말을 뒤로 듣고 주찬은 곧바로 서울로 향했다. 가면서도 왠지 불안한 느낌이 들었다.

이 짧은 시간 내에 혹시나 정구홍 교수가 잘못되지 않을까 생각이 들었지만 고개를 저었다.

"기우야."

주찬은 고개를 흔들며 초조하게 고속도로를 질주하고 있었다.

뚜르르.

갑자기 주찬의 휴대폰이 울렸다. 번호를 보곤 고개를 갸우뚱거리던 주찬이 얼른 말했다.

"말씀하십시오. 사모님."

—실은 아까 제가 거짓말을 했어요.

"거짓말이라니요?"

주찬이 깜짝 놀라자 정구홍 교수의 부인 목소리가 들렸다.

—그이가 오지 말라고 하시면서 주찬 씨에게 자신이 중환자실에 있다고 말하라고 했거든요.

"박사님도 참."

—더 이상 폐를 끼치고 싶지 않다는 게 그분 생각이에요.

"폐가 아니죠. 제가 안 가는 게 더 폐가 될 겁니다."

—정말 그렇게 생각하세요?

대뜸 반색하는 정구홍 교수의 부인 목소리에 주찬이 힘있게 말했다.

"그럼요. 제가 박사님 얼마나 좋아하는지 아시죠?"

—알죠. 그런데 지금 오시기엔 교수님 상태가 영 아니라서…….

"가보시면 압니다. 아마 좋은 일일 겁니다."

—그래요?

전에 있었던 일을 기억한다는 듯이 정구홍 교수 부인의 목
소리가 밝아졌다.

"일단 가서 말씀드리겠습니다. 그럼."

―기다릴게요.

통화가 끝나자 주찬이 씩 웃었다.

"박사님도 참."

꼿꼿한 성격이 그대로 드러나는 대목이었다.

더욱더 정구홍 교수를 고친다는 거에 대한 자부심이 느껴
지는 순간이었다.

저런 분이라면 몇 번이고 해줄 생각이 있었다.

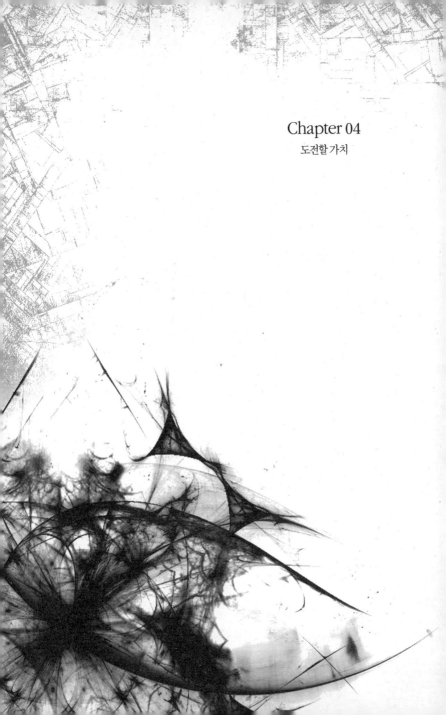

Chapter 04
도전할 가치

1월 0일

서둘러 정구홍 교수집에 도착한 주찬이 초인종을 눌렀다.

철컥

문이 열리자 거의 날 듯이 들어간 주찬이 현관 앞에서 정구홍 교수 부인을 봤다.

"안녕하세요."

"어서 와요. 안 그래도 그이가 얼마나 찾았는지."

"교수님 뵈러 들어가도 되겠죠?"

"괜찮아요. 어서 들어가 봐요. 기다리고 있어요."

정구홍 교수의 부인은 아주 부드러운 목소리로 주찬을 맞았다.

그 목소리에는 주찬이 정구홍 교수의 목숨을 연장시켜줬다는 강한 고마움도 실려 있는 듯했다.

'박사님도 참.'

더 이상 생각하지 않고 주찬이 곧바로 안방으로 들어섰다.

안방 침대 위에는 정구홍 교수가 누워 있다가 주찬을 바라보았다.

"주찬… 군."

"박사님."

"이게 얼마… 만인가."

목소리는 흔들렸지만 정구홍 교수의 얼굴에는 반가움이 가득 서려 있었다.

그러나 주찬은 상봉의 기쁨을 나눌 마음의 여유가 없었다. 정구홍 교수의 모습은 사람의 얼굴이 아니었다.

뼈에다가 그저 살을 얹어놨을까 그 이상도 그 이하도 아니었다.

야윌 때로 야위어 금방이라도 세상을 떠나갈 듯한 모습이었다.

"많이 힘드신가 봅니다."

"허허, 그래도 자네 덕분에 이만큼 살지 않았나. 내 원 없이 살았어."

"더 사셔야죠."

"글쎄."

정구홍 교수의 말에 주찬이 한마디 했다.

"아쉽지 않으세요?"

"못한 일이 아쉽긴 하지. 하지만 하늘이 부르는데 어떻게 하겠는가."

"거부해야죠."

"거부라, 허허허."

정구홍 교수가 허탈하게 웃었다. 하지만 주찬은 그런 웃음과 상관없이 정구홍 교수에게 말했다.

"가능성이 있습니다."

"무슨 가능성?"

"교수님이 살 가능성이요."

"내가 그런 꿈은 꾸지 않네."

정구홍 교수가 고개를 저었지만 주찬은 물러서지 않았다.

"저희 어머님이 사셨습니다. 악성종양이셨죠."

"……"

정구홍 교수는 침묵하며 주찬을 바라보았다. 주찬은 그런 정구홍 교수 가까이에 다가서며 말했다.

"박사님도 완쾌되실 수 있습니다."

"정말 그런가?"

"확실히요. 제 이름을 걸고 약속드리겠습니다."

주찬의 강한 목소리에 정구홍 교수의 눈빛이 살아났다.

그도 사람이었다. 살고 싶은 마음이 왜 없겠는가.

주찬의 말에 뭔가 욕망이 솟구치는 걸 느낀 정구홍 교수가
웃었다.

"허허, 나이 들어도 욕심이 남아 있었네."

"교수님은 욕심을 부려도 충분하신 분입니다. 더 많은 걸
이루셔야죠."

"그럴 수 있을까?"

"그럼요."

주찬의 말에 정구홍 교수가 드디어 눈빛을 반짝였다.

"해줄 수 있겠는가. 참 미안하네."

"미안하실 거 없습니다. 당연히 해드릴 생각입니다. 그런
데 조건이 좀 있습니다."

주찬의 말에 정구홍 교수가 넌지시 물었다.

"무엇을 말인가?"

"치료법이 좀 고통스럽습니다. 그래서 전신마취를 해야 될
것 같습니다."

"전신마취?"

정구홍 교수가 흠칫 놀라자 주찬이 힘을 줘 말했다.

"예, 안 그러면 힘드실 텐데요."

"병원에서 말인가?"

정구홍 교수가 묻자 주찬이 씩 웃었다.

"병원에서 해주겠습니까?"

"하긴 그렇군. 그렇다면 잠깐만 기다려 보게. 임자."

정구홍 교수의 목소리에 부인이 얼른 안으로 들어섰다.

"부르셨어요."

"하재용 박사 있지, 그 친구에게 전화 좀 걸어줘."

"기다리세요."

정구홍 교수 부인이 얼른 번호를 누른 후 건네줬다.

휴대폰을 받은 정구홍 교수가 잠시 후 입을 열었다.

"난데. 부탁 하나만 하겠네. 왜 그런지는 묻지 말고 전신마취 좀 해주게."

—그게 무슨 소리야!

전화기 속에서 놀란 음성이 들렸다.

"그렇게 좀 해주게. 내 부탁이야."

—아닌 밤중에 홍두깨도 아니고.

"와서 이야기하면 알 거야."

—일단 가보겠네.

통화를 마치자 정구홍 교수가 주찬을 바라보며 어색하게 웃었다.

"늙어서 망령이 났나 봐."

"아니요. 당연한 겁니다. 저라도 죽고 싶지 않거든요."

"그런가? 하하!"

정구홍 교수는 어색한 웃음으로 곤란한 처지를 벗어나려 했다.

그리고 침묵이 감도는 순간 정구홍 교수의 부인이 주찬에게 조심스레 말했다.

"무슨 방법이 있나요?"

"아마도요."

"꼭 부탁드릴게요."

"열심히 노력하겠습니다."

주찬의 말이 떨어지자 정구홍 교수의 부인이 얼른 무릎을 꿇었다.

"제발 부탁드립니다."

"아니, 왜 이러세요."

깜짝 놀란 주찬이 얼른 정구홍 교수 부인을 일으켜 세웠다.

"저이 좀 살려주세요."

"그럴 생각입니다."

"제발요."

"흥분하신 것 같습니다. 잠깐 이리 나오시죠."

주찬이 부축하는 순간, 정구홍 교수가 얼른 말했다.

"그 사람 주책은."

"주책이라니요. 당신이 살 수 있다면 저는 뭐든지 할 수 있어요."

"알았어, 알았어."

정구홍 교수도 더 이상 말하기 힘든 모양이었다.

평생을 함께 살아온 부부였다.

부인의 마음을 모른다는 건 있을 수도 없는 일이었다. 주찬은 얼른 정구홍 교수의 부인을 모시고 밖으로 나왔다.

"걱정하지 마세요. 꼭 완치시켜 드리겠습니다."

"병원에서도 힘들다던데."

"전 병원 이상이거든요."

"주찬 군을 믿어도 되겠죠?"

"그럼요."

"제발요."

주찬은 몇 번씩 반복되는 말에도 한 번도 짜증내지 않고 대답했다. 얼마나 간절한지 그도 잘 알고 있었다.

"여기 앉아 계세요. 치료과정이 좀 힘들 수 있습니다."

"많이 아플까요?"

"전신마취 하니까 힘들진 않으실 겁니다."

그 말에 아무 말 없이 고개를 푹 숙이고 두 손을 모은 정구홍 교수 부인의 모습이었다.

주찬은 그런 정구홍 교수 부인을 뒤로 하고 다시 방으로 들어섰다.

침대에는 정구홍 교수가 두 눈을 감고 묵묵히 무언가를 생각하고 있었다.

"박사님."

"어, 그래. 무슨 할 말 있는가?"

"아닙니다. 박사님이 나으시면 절 도와주실 일이 있을지도 모르겠습니다."

"그랬으면 좋겠지."

그리고는 침묵이 흘렀다.

두 사람은 더 이상 할 말이 없는 듯 그저 망부석처럼 서로 생각에 잠겨 있었다.

30여 분이 지난 후 현관 쪽이 소란스러워졌다.

주찬은 묵묵히 방문 쪽으로 시선을 돌렸다.

철컥.

문을 열고 들어서는 건 정구홍 교수 부인과 허연 수염의 날카로운 인상의 중년인이었다.

"어서 오십시오."

주찬이 고개 숙이자 남자가 의외라는 듯 눈이 커졌다.

"누구신지."

주찬이 미처 대답하기도 전에 정구홍 교수의 목소리가 들렸다.

"내가 아끼는 후학이네."

"아, 그런가? 반갑네."

대뜸 말을 놓는 남자의 모습에 주찬은 오히려 친근감이 들었다. 공연한 예의보다는 소탈한 모습이 마음에 들었다.

들어선 남자는 정구홍 교수의 절친인 하재용 박사였다. 한국 외과의사 중에서 유명한 사람이기도 했다.

하재용 박사가 얼른 침대로 다가섰다.

"이 친구야, 도대체 무슨 소리인가? 전신마취라니?"

"아무 말 하지 말고 그대로 해주게."

"자네 이거 잘못되면 내 의사면허 날아가는 거 아는가?"

"아직도 미련이 남았나?"

정구홍 교수의 목소리에 하재용 박사가 활짝 웃었다

"뭐 면허취소 되면 쉬고 좋긴 하지만 도대체 무슨 일인지는 알아야 할 거 아닌가?"

"긴 건 묻지 말아주게."

"허 참, 답답하네."

하재용 박사가 말하자 주찬이 앞으로 다가섰다.

"제가 좀 치료법을 찾았는데 고통스러워서 일단 전신마취가 필요합니다."

"치료법? 지금 치료법이라고 했나!"

하재용 박사의 눈이 커지며 약간 노기까지 서렸다. 주찬은 그 눈을 똑바로 받아치며 말했다.

"일단 지켜보시고 나중에 판단하십시오."

"허, 이거 못 믿을 소리하고 있네. 이 친구, 이거 아무리 젊어도 그렇지."

더 화를 내려는 순간 침대에서 정구홍 교수의 목소리가 들렸다.

"그대로 해주게."

"이 친구야."

"해달라니까 하기 싫으면 그냥 가도 좋아."

"허, 사람 참 무안하게 하네. 알았네, 해주지. 도대체가 이게 말이 된다고 생각하는가."

투덜거리는 하재용 박사에게 정구홍 교수가 말했다.

"설령 실패하더라도 좋네. 저 친구 누구인지 알겠나?"

"그러고 보니 어디서 본 것 같긴 한데."

"세심환을 만든 이주찬이라는 친구네."

"아, 세심환."

그때서야 대뜸 눈빛이 호의적으로 변하는 하재용 박사의 모습에 주찬은 오히려 웃음이 나왔다.

자기감정에 충실하단 건 그만큼 진솔한 사람이라는 이야기였다.

주찬은 그때서야 고개를 깊이 숙였다.

"다시 한 번 부탁드립니다."

"어, 그래. 이거 대단한 친구였군. 그래서 뭐 세심환 같은 새로운 치료약을 개발했다는 건가?"

"그런 건 아닙니다. 다만 정구홍 교수님의 병세에 대해서 제가 오랫동안 연구한 게 있습니다. 그걸 시험해 볼 뿐이죠."

"그러니까 개별적으로만 통한다는 건가?"

"더 자세한 이야기는 드리기 어렵습니다. 그리고 시간이 별로 없습니다."

주찬이 말하자 하재용 박사가 움찔한 표정이었다.

주찬의 말 그대로였다 정구홍 교수는 언제 숨을 거둬도 이상 없는 상태였다.

"늙은이가 주책을 떨었군. 그런데 자네 그거 아나?"

"말씀하십시오."

"저런 중환자에게 전신마취 한다는 건 굉장히 위험한 일일세."

"알고 있습니다."

주찬이 말하자 하재용 박사가 눈썹을 살짝 찌푸렸다.

"정말 알고 있는 건가? 아차 하면 세상에 있는 시간을 좁힐 수 있다는 말이네."

"그것 또한 알고 있습니다. 그러지 않으려고 노력 중입니다."

주찬이 대답하자 하재용 박사가 가만히 쳐다보았다.

그때 옆에서 듣고 있던 정구홍 교수가 말했다.

"그대로 해주게."

"이 친구야."

"주찬 군에게 다시 한 번 기회를 주고 싶네."

"자네가 허준 스승인 유의태인 줄 알아?"

하재용 박사가 면박을 줬지만 정구홍 교수는 흔들리지 않았다.

"허허. 저 친구는 의사 출신이 아니야."

"에이, 나도 모르겠네. 한번 해보자고."

하재용 박사는 더 이상 말하지 않고 얼른 전신마취 준비를 서둘렀다.

주찬은 뒤에서 안절부절못하고 있는 정구홍 교수 부인에게 한마디 했다.

"거실에서 기다리세요. 여기서 볼 게 아닙니다."

"그래도……."

"그러셔야 됩니다. 안 그러면 힘들어요. 부탁드립니다."

주찬이 슬쩍 정구홍 교수 부인의 어깨를 떠밀었다.

정구홍 교수 부인은 몇 번이고 망설이더니만 어쩔 수 없이 거실로 나갔다.

이제 남은 사람은 세 사람뿐이었다.

하재용 박사는 어느새 마취 준비를 마친 모양이다

처치를 끝내고 애달픈 시선으로 정구홍 교수를 바라보며 말했다.

"이 친구야, 잘못되면 이게 마지막으로 보는 거네."

"그럴지도 모르지."

"자네랑 있어서 즐거웠네."

"나도 그래."

두 사람의 얘기를 듣다 보니 인생의 깊은 심오함이 느껴졌다.

주찬은 그 두 사람을 보고 한 가지를 깨달았다.

'저런 친구가 있었으면.'

원한다면 꼭 구해야 될 일이기도 했다. 마침내 마취를 마친 하재용 박사가 주찬에게 돌아서며 말했다.

"끝났어. 조금 있으면 잠들 걸세."

"그런가요. 자, 그럼 제가 움직이겠습니다."

주찬은 서둘러 정구홍 교수에게 다가가 약과 물을 권했다.

"이 약을 드시지요."

"이게 뭔가?"

"치료의 하나입니다."

"그런가?"

정구홍 교수는 아무런 망설임없이 약을 입에 넣고 물을 마셔 얼른 삼켰다. 옆에 있던 하재용 박사가 궁금한 듯 물었다.

"도대체 무슨 약인가?"

주찬은 아무 말 없이 웃기만 했다.

사실 주찬이 정구홍 교수에게 건네준 건 비타민에 불과했다. 그러나 그걸 밝힐 이유는 없었다.

조금 시간이 지나자 정구홍 교수가 좀 졸린 듯 주찬을 보며 말했다.

"주… 차."

끝말을 잇지 못하고 어느새 마취되어 조용히 눈을 감은 정구홍 교수의 모습이었다.

주찬은 그제야 하재용 박사를 보며 말했다.

"나가 계시지요."

"옆에서 지켜보지도 못하는가?"

"보는 분이 계시면 치료가 어려울 수도 있습니다."

"도대체 무슨 치료인데 그러는가?"

하재용 박사가 답답한 얼굴이었지만 주찬은 망설이지 않았다.

"나중에 보시면 아실 겁니다."

"그거 참."

하재용 박사는 몇 번이고 망설이다가 어쩔 수 없이 밖으로 나갔다.

철컹.

문이 닫히자 주찬은 친절하게 방문까지 걸어 잠갔다.

이제는 둘만의 공간이었다.

자신이 치료하는 걸 그 누구에게도 보여주고 싶은 마음은 없었다.

잠깐 주찬이 살짝 눈살을 찌푸렸다. 어머니에 이어 두 번째지만 긴장되는 건 마찬가지였다.

"과연 될까?"

스스로에게 의구심이 들었지만 머리를 흔들어 지웠다.

지금은 자신을 믿고 자신 몸에 있는 힉스입자를 믿는 게 최선이었다.

주찬은 천천히, 그러나 묵직하게 정구홍 교수에게 다가섰다.

정구홍 교수는 이미 깊은 마취에 든 듯 정신없이 무의식의 세계로 들어가 있었다.

주찬이 천천히 손을 뻗어 복부에 대었다.

"살려드리겠습니다."

작게 하는 말투였지만 주찬의 의지가 그대로 묻어져 나왔다. 배에 손을 대고 힉스입자를 움직였다.

슉.

거의 무서운 속도로 정구홍 교수 몸 안으로 파고드는 힉스입자의 움직임은 두 번째지만 가공스러웠다.

첫 번째와 달리 익숙한 경험이다.

몸 안에 휘몰아 다니는 힉스입자는 수많은 정보를 주찬에게 제공했다.

악성종양에 발병 원인, 그리고 전이되는 시점, 그리고 마지막으로 시작과 끝이었다.

상태가 최악이란 걸 알자 주찬의 호흡이 가빠졌다.

"이런."

주찬은 그때서야 얼굴이 사색으로 변했다.

이대로 그냥 뒀다면 오늘 밤을 넘기기 힘들었다. 그 생각이 들자 주찬은 더욱더 행동을 서둘렀다.

전에 했던 그대로 몸 안에 있는 항체에게 악성종양의 위치를 알려주고 힉스입자가 도왔다. 똑같은 상황이었지만 주찬에게는 시간이 없었다.

풀썩.

고통스러운지 마취된 정구홍 교수의 몸이 움찔움찔하는 모습이 보였다.

깨어 있었다면 사무치는 고통에 온몸을 비틀었을지도 모를 일이었다.

이럴 때, 마취가 최선이란 걸 다시 한 번 절감하는 순간이었다.

주찬은 힉스입자와 더불어 악성종양과 싸워 나갔다.

항체를 인도하고 힉스입자가 도와주는 과정을 수도 없이 거쳐야만 했다.

가장 위급한 곳부터 한가한 곳까지 주찬의 손길은 끊임없이 뻗어져 나갔다.

"여기군."

가장 문제되는 것은 췌장에 전이된 악성종양이었다. 가장 민감한 장기인지라 주찬은 섬세하고도 빠른 손놀림으로 힉스입자를 이끌었다.

이제부터는 시간과의 싸움이었다.

뚝 뚝.

진땀이 떨어졌지만 주찬은 의식조차하지 못했다.

한 시간, 두 시간 하염없이 시간이 흘렀다. 얼마나 시간이 지났는지 마침내 정구홍 교수가 깨어나는 기미가 보였다.

"이런."

깨어난다면 엄청난 고통에 시달릴게 분명했다. 주찬은 다급했지만 천천히 움직였다. 지금 서둘러서 좋을 건 하나도 없었다.

"으윽."

고통스러운 듯 신음을 토하는 순간 동시에 주찬이 손을 뗐다.

그러자 곧바로 정구홍 교수의 표정이 편안해지며 다시 한번 깊은 숙면에 들어갔다.

"휴."

한숨을 내쉰 주찬이 정구홍 교수의 안색을 살펴보았다. 잿빛이었던 안색이 많이 붉게 돌아왔다.

"됐어."

이 상태라면 몇 번의 치료만 거친다면 가능할지 모른다는 생각이 들었다.

주찬은 마지막으로 정구홍 교수에 손을 댔다. 어차피 계속 치료할 수는 없는 입장이다. 정구홍 교수와 어머니는 달랐다.

자신이 이렇게 치료한 걸 안다면 정구홍 교수가 어떠한 반응을 할지 생각만 해도 끔찍했다.

그럴 바에는 한번에 끝내는 게 좋았다. 주찬은 익숙해진 경험으로 힉스입자를 한 바퀴 맹렬하게 돌렸다.

"헉!"

정구홍 교수의 비명이 터지는 순간 주찬이 벼락같이 손을 폈다.

번쩍.

비로소 마취가 풀린 정구홍 교수가 눈을 뜨며 주찬을 바라보았다.

"으음, 몸이 아프군."

"곧 괜찮으실 겁니다. 컨디션 어떠세요?"

주찬이 묻자 정구홍 교수가 슬쩍 몸을 일으켰다.

"어! 이럴 수가!"

전과 달리 한결 몸을 움직이기가 편했다.

"이제 괜찮으실 겁니다."

"도, 도대체 어떻게 한 건가?"

"그냥 잊으십시오. 그리고 다시 살아나신 겁니다. 이제 점점 좋아질 겁니다."

"……."

말없이 바라보는 정구홍 교수에게 주찬이 한마디 했다.

"악성종양은 박사님의 항체에 의해 없어질 겁니다."

"항체라니?"

"몸 안에 있는 항체를 활성화시키는 방법입니다."

"그렇다면 항체가 악성종양을 인지한다는 건가?"

놀란 정구홍 교수의 목소리에 주찬이 담담하게 대답했다.

"그렇습니다."

"도대체 어떻게?"

정구홍 교수는 벼락같이 주찬을 추궁하고 들어갔다.

'과학도들이란.'

주찬은 속으로 혀를 차며 천천히 설명했다. 물론 사실 그대로의 설명은 아니었다.

"드신 약 성분이 하는 건 하나입니다. 항체에게 악성종양이 정상세포가 아니라는 걸 알려주는 키포인트입니다."

"그럼 악성종양이 극복되는 건가?"

"아닙니다. 박사님만 극복되는 거죠. 다른 사람들은 모두 일일이 신체를 스캔해야 해서 불가능합니다."

주찬의 말에 정구홍 교수의 이마가 구겨졌다.

"불가능이라. 시간이 없다는 의미지?"

"혼자서 수많은 사람을 어떻게 합니까. 그리고 그렇게 할 시간도 없습니다."

냉정한 주찬의 말에 정구홍 교수도 곧 수긍했다.

"하긴 자네가 할일이 많지. 그리고 노력의 대가가 너무 없겠군."

"그 말이 정답입니다. 전 나가서 사모님과 친구 분을 불러오겠습니다."

"주찬 군."

"말씀하십시오."

"고맙다는 말로는 부족하겠군."

정구홍 교수의 말에 주찬이 씩 웃었다.

"박사님이 옆에서 살아 숨 쉬는 것만으로도 저한테 큰 도움입니다. 그거만으로 충분합니다."

"사람도 참."

정구홍 교수가 싫지 않은 듯 미소를 흘렸다. 주찬은 그때서야 허리를 폈다.

"후."

힘든 또 하나의 여정이 끝났다는 생각에 절로 한숨이 터져 나왔다. 그런 주찬 모습에 정구홍 교수가 미안한 듯 물었다.

"힘들었나?"

"약간요."

주찬이 손으로 방문을 잡으며 말했다.

거실에 초조하게 앉아 있던 두 사람을 보고 주찬이 말했다.

"들어가 보시죠."

"어떻게 됐나?"

하재용 박사가 고개를 쳐들며 묻자 주찬이 미소를 지었다.

"많이 좋아진 것 같습니다."

"정말인가?"

"들어가 보시면 알 거 아닙니까."

주찬의 말이 끝나기도 전에 제일 먼저 움직인 건 정구홍 교수 부인의 발길이었다.

그 뒤를 따라 하재용 박사도 정신없이 들어가는 모습이 보였다.

주찬은 텅빈 거실 소파에 앉아 몸을 길게 기댔다.

"후우, 지친다."

하룻밤에 진이 쭉 빠진 기분이었다. 이런 식으로 다른 사람을 치료한다는 건 정말 힘든 일이었다.

"아차 하면 탈진해서 죽을지도 모르겠네."

맥 놓은 푸념이 이어졌다.

주찬은 그렇게 소파에 앉아 자신도 모르게 깜빡 잠이 들었다.

툭툭.

어깨를 건드리는 손길에 주찬이 비로소 눈을 떴다. 거기에는 하재용 박사가 놀란 표정으로 그를 바라보고 있었다.

"도대체 어떻게 된 건가?"

"많이 나아지셨죠?"

"이해할 수가 없어. 분명히."

"그럴 겁니다."

주찬은 서둘러 방으로 들어가 정구홍 교수에게 마지막으로 한마디 했다.

"조금씩 나아질 겁니다. 무리하지 마시고 몸이 좋아지시면 조금씩 움직이시면 건강을 되찾으실 겁니다."

"가려고 그러나?"

"예, 집에 가서 어머니 좀 봬야죠. 우리 어머니도 마찬가지 입장이라서요."

"하긴 그러네. 정말……."

정구홍 교수가 마지막 말을 끝내기 전에 주찬이 먼저 잘랐다.

"나중에 저도 신세질 일이 있을 겁니다. 그럼."

주찬이 방 밖으로 나섰다. 그러자 얼른 따라나선 정구홍 교수 부인이 손을 잡았다.

"뭐라고 고마움을 말해야 될지."

"안 하셔도 됩니다. 나중에 저 지겹다고만 안 하시면 됩니다. 박사님을 제가 괴롭힐지도 모르거든요."

"얼마든지 괴롭혀요."

정구홍 교수 부인의 환한 미소를 마지막으로 주찬은 고개를 꾸벅 숙였다.

그리고 문을 나서는 순간 환한 햇살이 주찬의 앞으로 펼쳐졌다.

주찬이 깊은 고민에 빠졌다.

이런 능력은 끝없이 지속되지 않는 걸 잘 알고 있었다. 그렇다면 스스로에게도 크게 쓸 곳을 찾아야 했다.

"뭐가 있을까?"

주찬은 인터넷을 검색하며 이것저것 생각했다. 그런데 어느 순간 번쩍 생각이 떠올랐다.

이질적인 물질.

원래 지구상에 존재하면 안 되는 물질이 무엇인지 골똘히 생각했다. 물론 그 물질을 처리함에 있어 돈도 중요했다.

죽도록 고생하고 수중에 아무것도 없다면 허탈할 일이다.

결과물을 얻는 덴 그리 오랜 시간이 걸리지 않았다.

"방사능."

주찬이 환희에 찬 고함을 쳤다.

자연적인 방사능이야 오래전부터 존재했지만 인간의 탐욕이 빚어낸 또 다른 산물이었다. 만들었지만 제어하기 힘든 것.

그건 인공 방사능이었다.

핵.

일명 원자력을 쓰면서 생겨난 방사능 물질은 그야말로 지독한 골칫덩이였다. 오래전부터 문제였지만 현재는 더욱 심각했다.

"후쿠시마."

주찬의 입에서 고함이 터졌다.

일본은 물론 한국 등 주변국에 공포를 심어준 사건이다.

어디 그뿐이랴.

전 세계적으로 두려움을 가져다 준 일이기도 했다.

그러나 주찬의 입장에선 도전해 볼 만한 가치가 충분한 일이었다.

더불어 방사능은 일본 문제만은 아니었다.

전 세계적으로 원자력 발전 등으로 방사능 위협은 늘 있다. 그걸 막을 수 있다면 엄청난 부와 명예가 따라오게 마련이다.

"한 방으로."

주찬이 밝게 중얼거렸다.

여러 번 쓸 능력이 아니기에 가급적 크게 한탕을 노려야 했다.

방사능 문제만 해결할 수만 있다면 천문학적인 돈을 수중에 거머쥘 수 있었다.

"푸하하."

주찬은 통쾌한 바람이 가슴속에서 불어옴을 깨달았다.

이젠 방사능 물질을 제거하기만 하면 됐다.

기쁨으로 방사능 제거에 대해 여러 가지 검색해 보던 주찬이 머리를 싸맸다.

"이거 쉽지 않네."

설령 방법을 안다고 해도 지금 당장 어떻게 할 수 있는 일이 없었다.

일단 방사능을 제거하기 위해서라면 연구가 급선무였다. 그런데 지금 주찬의 입장에서 어디에도 의지할 곳이 없었다.

곰곰이 생각하던 주찬이 미안함을 무릅쓰고 휴대폰을 들

었다. 휴대폰이 몇 번 울리자 정구홍 교수의 목소리가 들렸
다.

―주찬 군인가?

"박사님 어떠십니까?"

―이제는 괜찮아. 제법 걸어 다니기도 한다네. 허허.

"정말 다행입니다."

―다 자네 덕분이야.

정구홍 교수의 목소리에는 고마움이 가득했다.

주찬은 그런 정구홍 교수에게 부탁한다는 것이 솔직히 좀
꺼려졌다. 하지만 기왕 꺼낼 말이면 깔끔하게 하는 게 좋았
다.

"박사님 부탁이 하나 있습니다."

―말해보게나. 내가 들어줄 수 있는 건 다 들어주지.

"그렇게 말씀하시면 부담스럽고요."

―지금 내 마음이라니까.

정구홍 교수의 부드러운 목소리에 주찬이 멈칫거리다 결
국 입을 열었다.

"혹시 방사능 제거에 대한 연구를 할 만한 곳이 있으면 부
탁드리겠습니다."

―방사능 제거? 갑자기 무슨 뚱딴지같은 소리야?

"그쪽에 좀 관심이 있어서요."

―아니, 신약 개발하다가 그쪽으로 돌아섰나?

정구홍 교수의 목소리에는 의아함만이 가득했다.

주찬은 자세히 설명하기가 애매해 간단하게 말했다.

"그쪽에 좀 관심이 있었어요. 한국에도 좀 있다고 들었는데 혹시 카이스트 가면 있을까요?"

─그쪽에서 연구한다는 이야기는 들었어. 자리를 좀 마련해 볼까?

"그래 주시면 감사하죠."

─좀 기다려보게. 내 바로 연락해 주지.

"부탁드리겠습니다."

통화를 마치고 난 주찬이 곧장 산책에 나섰다. 마냥 기다리기에는 마음이 답답했던 탓이었다.

"능력이 있어도 걸리는 게 많네."

주찬은 천천히 걸으며 이런저런 생각에 잠겼다.

만약 성공한다면 그다음에 어떻게 처리할 것을 생각해 보던 주찬이 떠오르는 생각에 빙긋 미소를 지었다.

"거기라면."

왠지 모르게 고소한 기분까지 들었다. 그렇게 8시간이 지나서야 겨우 정구홍 교수에게서 소식이 왔다.

─잘됐네. 지금 바로 카이스트로 가서 이정우 박사를 찾게. 그러면 자리를 마련해 줄 거야.

"감사드립니다."

─선배란 이름으로 밀어붙였어. 내일 찾아가면 될 거야.

"알겠습니다. 연구가 끝나는 대로 바로 찾아뵙겠습니다."

주찬의 말에 정구홍 교수가 다시 한 번 조용히 물었다.

─방사능 제거가 가능한가?

"글쎄요. 어쩌면 가능할지도 모르겠습니다."

─하긴 자네라면 가능할지도 모르지. 하도 뚱딴지같은 짓을 잘하니.

"저도 제 자신이 신기합니다."

─허허, 이 친구 참.

화기애애한 분위기였다.

휴대폰을 주머니에 집어넣은 주찬이 곧장 집으로 발길을 돌렸다.

집에 도착한 주찬은 곧바로 부모에게 말했다.

"카이스트에 좀 갔다 와야겠습니다."

"카이스트? 거기는 왜?"

"그쪽에서 연구할 게 좀 있습니다."

"우리 아들 잘나가네."

어머니의 부드러운 말에 주찬이 머리를 긁적거렸다.

"더 잘나가야죠."

이번에는 아버지가 나섰다.

"이번에는 또 무슨 일이냐? 또 어머니 고친 것처럼 그쪽으로 연구해 보려고?"

"아닙니다. 그쪽으로는 더 이상은 힘들어요. 제가 평소에 꿈꾸던 게 있습니다. 방사능 쪽인데요."

"방사능? 그거 위험한 거 아니냐?"

아버지가 깜짝 놀란 표정이었으나 주찬은 애써 안심시켰다.

"명색이 카이스트인데요."

"아무래도 조심해야지."

"걱정하지 마세요. 철저하게 알아보고 움직이겠습니다."

"그래라."

"동생들한테는 나중에 얘기해 주세요. 아무래도 지금 올라가 봐야겠습니다."

"그래 섭섭하네. 밥이라도 먹고 가지."

"아닙니다. 내려가서 먹죠. 그럼."

주찬은 고개를 숙여 인사한 후 곧장 방으로 들어와 옷가지를 챙겼다.

동생들을 보고 가지 않는 이유는 간단했다.

공연히 이런저런 얘기를 듣다 보면 정신만 어지러울 뿐이었다.

일단 결정한 이상 무조건 갈 생각인 주찬에게는 한 가지만이 머릿속에 떠오를 뿐이었다.

"제대로 되야 될 텐데."

가능성 하나만을 보고 가는 길이다.

설령 안 된다고 하더라도 그리 실망할 생각은 없었다.
다른 것을 찾아내서 하면 그만이다.
하지만 마음속에서는 꼭 됐으면 하는 생각이 들었다.

Chapter 05

성공이 준 희열

1월 0일

오전 10시 주찬은 약속대로 이정우 박사 연구실을 찾았다.

똑똑.

문을 노크하고 들어서자 50대 중반의 남자가 그를 맞이했다.

"누구시죠?"

"이주찬이라고 합니다. 정구홍 교수님 소개로 왔습니다."

"아, 이주찬 씨. 이거 참 유명한 분을 봬서 반갑네요."

사람 좋은 미소를 지으며 손을 내미는 이정우 박사의 목소리가 밝았다.

주찬은 정중히 고개 숙이며 두 손으로 악수했다.

"이쪽으로 앉죠."

"감사합니다."

주찬이 자리에 앉자마자 이정우 박사가 물었다.

"연락은 받았습니다만 갑자기 방사능에 대해서 연구하시겠다고요."

"예, 평소 그쪽에 관심이 많았습니다."

관심은 전혀 없었지만 입에 발린 거짓말을 할 수밖에 없었다. 이정우 박사는 별다른 기색 없이 말했다.

"선배한테 말은 들었습니다만 무엇을 도와드릴까요?"

"방사능에 대해서 연구하고 싶습니다. 아무래도 방사능 반감기 쪽이겠죠."

"그게 그렇게 쉬운 분야가 아닌데."

이정우 박사가 고개를 갸웃거렸다.

그의 말 그대로였다.

방사능 반감기가 어느 정도인지는 세상에 알려졌지만 그것을 단축시킨다는 건 불가능한 일이나 마찬가지였다.

그런 일에 도전한다는 주찬이 미더워 보이지 않는 건 사실이었다.

주찬은 그 마음을 잘 알았지만 슬쩍 넘어갔다.

"일단 연구할 수 있는 것만 해주시면 그다음은 제가 알아서 하겠습니다."

"음, 쓸데없는 일에 시간을 낭비하는 건 아닌지 모르겠어요."

"일단 도전하는 게 젊은 피의 근본 아니겠습니까?"

"하하, 참 패기만만한 청년이구먼. 알겠습니다. 그렇게 하도록 하죠. 절 따라오세요."

이야기는 의외로 쉽게 풀렸다.

이정우 박사는 주찬이 하는 말을 믿지 않았지만.

정구홍 교수의 체면을 생각해서 연구실을 내줄 모양이었다. 한참을 걸어간 연구실은 어마어마한 크기였다.

"대단하네요."

"아무래도 방사능 연구 쪽은 위험한 분야라서 이쪽에서 이렇게 하고 있죠. 마침 제가 이쪽 책임자니까 별 어려움은 없을 겁니다."

"앞으로 잘 부탁드리겠습니다."

주찬의 인사에 이정우 박사가 흐뭇한 듯 바라보았다.

"세심환이라고 그랬죠?"

"아, 알고 계셨습니까?"

"그런 것도 없었다면 아무리 선배 부탁이라도 들어주지 않았을 겁니다."

주찬은 말문을 닫았다.

세상에서는 역시 이름값이 중요하다는 걸 새삼 느끼는 순간이었다.

이정우 박사의 안내로 조그마한 연구실에 도착한 주찬이

사방을 둘러보았다.

이정우 박사는 주찬에게 마지막 주의를 줬다.

"이제부터 3일 동안 저기 있는 조경민 박사한테 설명을 들으세요. 그다음에 연구를 시작하도록 하는 게 좋겠습니다."

"알겠습니다."

주찬은 여기서 튀고 싶은 생각이 전혀 없었다.

"주찬 씨. 이리로 오시지요."

주찬이 가자 이정우 박사가 소개했다.

"이 친구가 조경민 박사입니다. 이주찬 씨를 도와줄 겁니다."

"잘 부탁합니다."

주찬이 정중하게 인사했다.

이미 연락을 받았던지 조경민 박사는 무덤덤한 표정으로 주찬을 바라보며 말했다.

"왜 이쪽으로 오셨습니까? 전공도 아니라 들었는데요?"

"잘 부탁합니다."

"음."

영 못마땅한 표정이었지만 이정우 박사의 부탁이 있었던지라 더 이상 말하지 않았다.

그때부터 3일 동안 주찬은 지긋지긋한 설명을 들어야만 했다.

틈만 나면 잔소리를 하는 통해 주찬은 머리가 돌아버릴 지경이었다.

"환장하겠네."

비전공자의 설움을 명백히 느끼는 순간이었다. 하지만 주찬은 싫은 기색 한 번도 내보이지 않은 채 조경민 박사의 설명을 꿋꿋이 들었다.

그렇게 3일이 지나자 조경민 박사가 마침내 고개를 끄덕였다.

"이 정도면 됐습니다. 다시 이정우 박사님에게 가서서 이야기를 들어보세요."

"그동안 감사했습니다."

'감사는 개뿔.'

주찬은 속으로 아주 이가 갈릴 정도였다.

조경민 박사는 그런 주찬에게 무심한 시선을 돌리며 손을 흔들 뿐이었다.

그리고는 곧장 자신의 연구에 몰두하는 모습이었다. 그 과학도적인 열정이 주찬에게 유일한 좋은 이미지를 남길 뿐이었다.

드디어 다시 나타난 이정우 박사가 천천히 설명했다.

"이쪽에서 방사능 반감기를 연구하는 곳인데 조심해야 될 겁니다. 주의사항은 이제부터 시작하죠. 그게."

천천히 설명해 주는 이정우 박사의 설명에 주찬은 한마디도 빠짐없이 들었다. 생전 처음 보는 분야였지만 주찬은 속으로 웃고 말았다.

이정우 박사가 하는 말은 자신에게 도움 되는 말은 하나도 없었다.

자신이 하는 건 힉스입자를 이용하는 방법이지 보통 통상적인 방법은 아니었다.

이정우 박사는 주찬의 마음도 모른 채 끝까지 설명한 후 마지막 말을 덧붙였다.

"일단 방사능 방어복을 입고 연구해 보도록 하세요. 가장 약한 곳입니다."

"감사합니다."

"자, 그럼 난 바빠서. 아, 마지막으로 모든 책임은 자신이 지어야 되는 거 아시죠?"

무슨 말인지 주찬이 의미를 바로 파악했다.

만약 방사능 쪽으로 잘못된다면 스스로 책임을 감내하라는 이야기였다.

주찬은 힘차게 고개를 끄덕이며 대답했다.

"그럼요. 제가 원해서 온 일인데요."

"각서는 써야 됩니다. 저기 각서 보이죠? 그거 써놓고 연구 시작하시면 됩니다."

"알겠습니다."

슥슥.

주찬은 각서를 거침없이 써 내려간 후 이정우 박사에게 공손하게 내밀었다.

"음, 자, 그럼."

이정우 박사는 더 이상 말하지 않고 연구실을 빠져나갔다.

그때부터 주찬은 행동을 개시했다. 방사능 방호복을 입자 온몸이 불편했다.

"제기랄."

하지만 아직까지는 어떤 것도 확신하는 게 없기에 일단 남들과 같이 해야만 했다. 방호복을 입고 밀폐된 문을 통과했다.

치익.

방사능 오염세척방인 모양이었다.

세척방을 통과하자 드디어 주찬이 원하는 광경이 눈앞에 펼쳐졌다.

가장 먼저 시야에 들어온 건 엄청난 크기의 연구실이었다. 사방이 첨단기기 수십 종이 빽빽하게 둘러싸여 있었다.

그 안에선 20여 명의 연구원이 부지런히 움직이는 모습이 보였다.

잠시 바라보는 사이 연구원 한 명이 주찬에게 다가섰다.

"이주찬 씨죠?"

"맞습니다만."

"조경민 박사님에게 연락받았습니다. 이쪽으로 오시죠."

안내를 받아 간 곳은 한 사람이 연구할 수 있을 만한 조그마한 공간이었다.

다른 곳과 뚝 떨어져 있어 혼자 하기에는 딱 적당한 곳이기도 했다. 여기서도 조경민 박사의 섬세한 배려가 느껴졌다.

초면인 주찬이 편하게 일할 수 있도록 한 점이다.

생각하는 사이 연구원이 주찬에게 말했다.

"이쪽에서 연구하시면 됩니다. 의문점이 있으면 언제든지 말씀하시고요."

"전 방사능 오명에 대해 알고 싶습니다."

"이미 준비되어 있습니다. 이쪽에 보시면 있고요. 상당히 조심스럽게 다뤄야 됩니다."

"방사능 농도가 짙습니까?"

주찬이 묻자 연구원이 고개를 저었다.

"그렇지는 않습니다만 항상 안전이 제일 우선이죠. 자연 방사능 농도와 큰 차이는 없습니다."

"그런데 모두 방호복을 입고 계십니까?"

"만약의 사태를 대비하는 것이지요. 저쪽에서는 고농도의 방사능을 연구하는 곳도 있거든요."

"아, 그렇습니까? 그쪽으로 한번 가도 될까요?"

"먼저 이쪽에 있다가 나중에 오시죠."

연구원은 조금 걱정스러운 표정이었다.

핵물리학 전공자가 아닌 주찬이 나와 움직이는 모습이 영 못마땅한 기색이었다.

여기선 어디 가나 그리 시선은 곱진 않았다. 주찬은 더 이상 묻지 않고 곧바로 연구원에게 인사했다.

"감사합니다."

"별말씀을요."

연구원이 거의 습관적으로 마주 인사하고는 곧바로 자기 쪽으로 돌아갔다.

홀로 남겨진 주찬은 말해준 대로 조그마한 돌 하나에 시선을 돌렸다.

"이건가?"

주위엔 현미경과 여러 가지 첨단기기가 있었지만 주찬의 눈에는 들어오지도 않았다.

설령 쓰려고 해도 방법을 모르니 무용지물이나 마찬가지였다.

주찬은 곧바로 힉스입자를 이용해 방사능 돌을 연구하기 시작했다.

지잉.

힉스입자가 격렬하게 반응하자 주찬이 자신도 모르게 부르르 떨었다.

"왜 이래?"

주찬이 크게 놀라 하마터면 소리칠 뻔했다.

힉스입자는 방사능이 함유된 작은 돌에 격렬히 반응했다.

얼마나 격렬한지 주찬이 감당하기 힘들 정도였다.

"편한 대로."

주찬은 거듭 침착함을 유지하며 힉스입자가 움직이는 대로 그저 조용히 관조하기 시작했다.

시간이 가면서 힉스입자가 움직일수록 쏙쏙 정보가 머릿속에 들어오기 시작했다.

"그랬군."

주찬은 왜 힉스입자가 격렬히 반응하는지를 알았다.

힉스입자는 돌에서 나온 방사능이 자연 그대로의 상태가 아닌 것을 알았다.

"인공적으로 만들었다 이거지."

자연계에 나타날 수 없는 물질이 나타나자 힉스입자가 움직였던 것이 확실했다.

얼마 지나지 않아 주찬의 머릿속에 인공적으로 만들어진 방사능이 왜 탄생했는지 그 이유를 하나씩 하나씩 뇌리에 박혔다.

"그랬나?"

주찬은 지금 전 세계 모든 과학자가 알지 못하는 새로운 신세계로 들어가고 있었다. 자신만 모를 뿐, 그것은 놀라운 일이기도 했다.

과학자들의 골칫덩어리인 인공 방사능의 기원이 드러났다.

한참을 힉스입자가 주는 정보를 바라보던 주찬이 비로소 손을 뗐다.

이제는 모든 것을 알았다.

왜 핵반응에 따라서 방사능이 나오고 그 농도가 진해지는지는 물론, 인체에 미치는 영향까지도 낱낱이 머릿속에 들어왔다.

"최고네."

주찬은 곧바로 자리에서 일어서 아까 연구원이 있는 쪽으로 걸어갔다.

이제는 좀 더 강한 다른 방사능 물질에 대해서 알아볼 때였다. 더 이상 지체한다는 것은 아무런 의미도 없었다.

주찬이 다가서자 연구원이 고개를 돌리며 물었다.

"무슨 일이시죠?"

"농도가 좀 진한 방사능을 보고 싶습니다만."

"위험합니다."

"꼭 보고 싶습니다."

주찬이 물러설 기색을 보이지 않자 연구원이 난처한 기색으로 고개를 흔들었다.

"잠시만 기다리십시오."

연구원은 곧장 인터폰을 들었다. 보나마나 조경민 박사와 연락하는 것이 분명했다.

한참을 통화하던 연구원이 주찬에게 돌아와 못마땅한 목소리로 말했다.

"이쪽으로 오시죠."

아무 말 없이 따라가던 주찬을 데려간 곳은 좀 더 엄밀한 출입문이 있는 곳이었다.

"이쪽에 서십시오."

치익!

서자마자 바로 허공에서 하얀 연기 같은 게 쏟아져 내렸다.

한참을 뒤집어쓰고 나자 맞은 편 문이 열렸다. 그제야 연구원이 주찬에게 말했다.

"방사능 제거입니다. 오염되면 안 되거든요."

"들어갈 때도 합니까?"

"오갈 때 다합니다. 혹시 모를 사태를 대비해서요."

"도대체 어느 정도 농도를 가지고 있을까요?"

주찬이 묻자 연구원이 어이없다는 듯이 말했다.

"기준점을 대서야지요."

"인체에 미치는 영향 말입니다."

"아마 맨몸으로 맞는다면 약간의 피폭은 있을 겁니다. 방사능 피폭이 어떤 건지는 아시죠?"

"알고 있습니다. 뭐 금방 죽을 정도는 아니겠죠?"

태연한 주찬의 답변에 연구원이 살짝 주의를 환기시켰다.

"당장 영향을 미칠 정도는 아닙니다. 하지만 혹시나 모를 정도는 되죠."

"그럼 일본 후쿠시마와 비교하면 어떻습니까?"

주찬이 묻자 어이없다는 듯이 바라보는 연구원이 기어코 말했다.

"턱도 없죠. 그 정도 방사능 농도라면 연구하지도 못합니다. 아무리 방호복을 입어도 피폭되는 것은 확실하죠."

"피폭이라면 어느 정도 피폭일까요?"

"즉사 아니면 하루 살까요?"

연구원의 말에 주찬이 고개를 끄덕였다.

자신의 생각이 맞았다는 생각뿐이 들지 않았다.

연구원은 주찬의 생각을 모른 채 곧바로 거무튀튀한 물질을 가리켰다.

"저게 인체에 피폭을 조금이라도 줄 정도입니다."

"모든 방사능이 저기 함유되어 있습니까?"

"맞습니다. 저건 바로 아까 말씀드렸던 후쿠시마에서 가져온 겁니다. 비록 외곽지에 있어 농도는 약하지만 위험하기는 마찬가지죠. 너무 가까이 접근하시면 안 됩니다."

주찬은 다가서자마자 성큼 거무스레한 물체에 손을 댔다. 황당한 모습에 연구원이 기겁하며 소리쳤다.

"안 된다고요!"

"죽진 않는다면서요."

"조심하세요."

"제가 알아서 합니다."

주찬은 여기서 물러서지 않았다. 여기서 연구원의 말대로 한다면 자신이 얻을 것은 하나도 없었다.

마침 후쿠시마에서 가져온 물질이라는 것에 더욱더 진한 흥미가 당겼다.

연구원 몰래 다시 또 힉스입자를 움직였다.

아까와 달리 더욱더 격렬하게 반응하는 힉스입자를 보고 주찬이 남몰래 미소를 지었다.

짧은 시간이지만 힉스입자는 방사능 물질에 대해서 주찬 에게 정보를 전해줬다.

항상 뉴스에서 이슈가 됐던 세슘뿐만 아니라 더 인체에 치 명적인 물질에 대한 정보가 쏙쏙 들어왔다.

아주 짧은 시간이었지만 주찬은 자신이 원하는 모든 정보 를 얻을 수 있었다.

그제야 손을 놓은 주찬이 뒤로 돌아섰다. 그러자 연구원이 주춤거리며 뒤로 물러섰다.

"가까이 오지 마시죠. 일단 세척이 먼저입니다."

"미안합니다."

"왜 제 지시를 따르지 않죠?"

약간 신경질적인 연구원의 말에 주찬이 당당하게 답했다.

"저도 과학도입니다. 연구할 건 해야죠."

"위험한 일이었습니다."

"아까 말씀하셨잖아요. 그렇게 큰 영향을 끼치지 않을 거라고."

주찬이 대꾸하자 연구원이 영 안 내키는 어투로 말했다.

"과학도는 매사에 조심해야 되는 거 아닌가요?"

"탐구심도 있어야죠."

"……."

말문을 닫은 연구원에게 주찬이 뭐라 할까 하다 입을 다물었다.

지금 연구원에게 이야기해 봐야 소용이 없었다. 아무래도 책임자인 조경민 박사에게 얘기하는 것이 훨씬 현명한 생각이었다.

연구원이 약간 퉁명스런 어조로 물었다.

"다 보셨습니까?"

"가시죠."

주찬이 앞장서 걷자 연구원이 고개를 절레절레 흔들며 따라왔다. 아무래도 골치 아픈 인간을 만났다는 표정이 역력했다.

꼼꼼히 세척을 마치고 나온 주찬은 곧바로 밖으로 걸어 나가자 연구원이 뒤에서 부르는 소리가 들렸다.

"가시는 겁니까?"

"네."

"이렇게 빨리 가요?"

어이없다는 듯이 바라보는 연구원을 보고 주찬이 말했다.

"얻을 건 얻었으니까요."

"뭘 얻었다는 건가요?"

"그건 비밀이죠."

주찬이 싱긋 웃으며 밖으로 나갔다.

주찬은 방호복을 벗자마자 곧바로 조경민 박사에게로 향했다.

똑똑.

문을 두드리고 들어서는 주찬을 보고 조경민 박사가 어리둥절한 표정이었다.

"벌써 나왔습니까?"

"네, 제가 원하는 건 다 얻었습니다."

"뭘 얻었는지는 모르지만 너무 빠른 시간이군요."

"부탁이 있습니다."

동문서답하는 주찬을 보고 조경민 박사가 물었다.

"무슨 부탁이죠?"

"후쿠시마에서 가져온 방사능 오염물질을 좀 밖으로 가지고 가고 싶습니다."

"이유가 뭐죠?"

약간 놀란 조경민 박사의 반응에 주찬이 적극적으로 나섰다.

"연구할 게 있습니다. 불가능합니까?"

"농도가 강한 걸 말씀하시는 건 아니겠죠?"

"농도 상관없이 온갖 방사능 물질만 있어도 충분합니다."

조경민 박사는 도무지 이해할 수 없다는 표정이었다.

방사능 전문가도 아닌 주찬이 말하는 것이 영 이해가 되지 않는 눈치였다. 그래도 아직 차분하게 나오는 조경민 박사의 말이었다.

"어려운 문제입니다."

고지식한 모습을 보이는 조경민 박사를 보고 주찬이 실마리를 살짝 털어놓았다.

"방사능 제거에 대해서 본격적으로 연구해 보고 싶습니다."

"제거라. 짐작은 했지만 그리 쉬운 일이 아닐 텐데요."

"제 나름대로 방법이 있다고 생각합니다."

"누구나 그런 생각을 하죠. 하지만 시도는 좋지만 결과는 그리 도출해 내기 어려울 겁니다."

"일단 큰 문제가 안 생긴다면 부탁드리겠습니다."

가만히 주찬을 바라보던 조경민 박사가 싱긋 웃었다.

"하긴 한 사람보다 두 사람 머리가 좋죠. 해드리겠습니다. 하지만 명심할 건 있습니다. 함부로 버리시면 안 됩니다."

"쓰고 다시 가져오겠습니다."

"확실하죠?"

"물론이죠. 제가 이걸 가지고 뭘 하겠습니까?"

주찬이 반문하자 조경민 박사가 생각해 보더니 고개를 끄덕였다.

"하긴 그리 위험한 물질이 아니니까. 하지만 꼭 가져오셔야 됩니다."

"네."

"언제까지 가져올 수 있겠습니까?"

조경민 박사 입장에선 꼭 확인해야 할 일이었다. 주찬도 그 점을 잘 알기에 선선히 약속했다.

"글쎄요. 이삼 일이면 충분하지 않을까요? 빠르면 하루내로 될 것 같습니다."

"그 정도면 충분합니다. 대신 그래도 위험한 물질이니까 강철 상자에 넣어드리겠습니다."

"편한 대로 하십시오."

조경민 박사와 이야기는 쉽게 끝났다. 주찬은 이제 다음 계획을 실행할 순간이 왔다는 것을 알았다.

"여기 있습니다."

이윽고 자그마한 강철 상자를 건네주는 조경민 박사의 손길이었다.

주찬은 받아 들고 살짝 고개를 숙였다.

"도와주셔서 감사합니다."

"도무지 이해할 수가… 뭐, 됐습니다."

조경민 박사는 더 이상 말하지 않았다.

주찬은 가볍게 웃으며 말했다.

"금방 제자리에 갖다 놓겠습니다. 그럼."

어느새 주찬이 밖으로 나왔다. 주찬은 곧바로 주차장에서 차를 몰고 카이스트를 떠났다.

이제부터는 마지막 단계가 남았을 뿐이었다.

"성공할 수 있을까?"

주찬은 약간의 회의감도 들었다.

이거는 악성종양과는 성향이 전혀 달랐다.

인류의 영원한 숙제이기도 한 문제를 자신이 푼다고 생각하니 벅찬 흥분감도 들었지만 자신감도 살짝 떨어지는 것을 알았다.

"해보고."

안 되면 그만이었다.

시도조차 하지 못한다면 계속 기억에 남을 듯싶었다.

한 시간 후 인적 없는 산 앞 비포장도로에 차를 세운 주찬이 얼른 내렸다.

물론 손에는 소중히 강철 상자를 든 채였다.

주찬은 사방을 둘러보곤 고개를 끄덕였다. 주위에 인가가 하나도 없어 실험하기에 적당한 곳이었다.

혹시 모를 사태를 대비한 주찬의 작은 배려이기도 했다. 주찬은 천천히 걸어 산 중턱에 우뚝 섰다.

"하, 지치네."

강철상자 무게는 보통이 아니었다. 얼핏 봐도 20킬로그램이 훨씬 넘는 무게를 들고 산길을 오른 셈이었다.

"후우."

주찬이 길게 심호흡하고 강철 상자를 노려봤다.

이제는 자신이 가진 힉스입자를 믿는 수밖에 없었다. 주찬이 미련 없이 열쇠로 상자를 열었다.

철컥.

문이 열리자 파란 플라스틱 조각이 보였다. 보나마나 후쿠시마 인근에서 가져온 것이 분명했다.

파란 플라스틱을 보자마자 힉스입자는 격렬히 반응했다.

주찬은 이제부턴 그저 하는 대로 맡겨 놓고 지켜볼 뿐이었다.

힉스입자는 플라스틱 상자 주위를 거칠게 맴돌며 여러 가지를 관찰하는 듯싶었다.

"해법을."

주찬의 눈빛이 번뜩였다.

한참 동안 이리저리 헤매던 힉스입자가 한쪽으로 매섭게 쏘아갔다.

"저건?"

주찬은 곧바로 그쪽으로 향했다. 힉스입자가 땅 밑을 가리키는 느낌이 들었다.

"야전삽도 없는데."

주위에서 찾은 작은 나뭇가지로 땅을 파자 뭔가가 눈에 들어왔다.

"아, 이건?"

주찬이 놀라는 사이 힉스입자는 어느새 다른 쪽으로 향했다.

"오늘 빡세게 일하란 날이네."

주찬이 투덜거리면서 그렇게 온 산을 헤매면서 힉스입자가 찾아낸 물질만 무려 일곱 개였다.

"일곱 개라."

뭔가 느낌이 온 주찬은 다시 제자리로 돌아와 강철 상자 문을 닫았다.

그리고는 지체없이 다시 내려와 차를 타고 어디론가 향했다.

몇 시간 후 주찬은 조용한 곳에서 한쪽을 노려봤다.

거기에는 일곱 개의 물질이 나란히 놓여 있었다. 잠시 후 주찬이 망설임없이 일곱 개 물질을 그대로 혼합했다.

그러자 놀라운 일이 벌어졌다. 일곱 개의 물질이 합쳐지자 곧바로 대기와 화합하며 금방 변화를 일으켰다.

부글부글.

잠시 거품이 이는가 싶더니만 어느새 하나의 물질로 이미 변화되어 있었다.

이미 액체로 변한 후였다.

"이건."

자연계에서도 존재하지 않는 또 하나의 물질이 탄생하는 순간이었다.

주찬은 이 현상을 그리 어렵지 않게 이해할 수 있었다.

"그래. 분명히."

주찬은 희열에 가득 찼다.

주찬의 깨달음은 아주 간단했다.

사람이 만들어낸 인공 방사능은 자연에 없는 물질이었다. 그렇다면 그것을 제거하려면 또 다른 물질이 필요하다는 이야기였다.

자연은 원래대로 돌아가려는 속성이 있었다.

존재해서는 안 되는 물질을 본 자연의 성분들이 모여 그 물질을 제거하리란 판단이 섰다.

주찬은 길게 심호흡하고 파란 플라스틱을 잘게 부러뜨렸다.

뚝!

부러진 플라스틱은 손가락 마디만 한 크기였다.

그걸 조심스레 바위 위에 올려놓은 채 새로 만들어진 액체를 위에 덮었다.

긴장되는 순간이었다.

주찬은 잠시 지켜본 후에 실망에 찬 눈초리를 보냈다.

"어떻게 된 거야."

여전히 방사능은 뿜어져 나오고 있었고 아무런 변화도 나타나지 않았다.

실패란 생각에 주찬이 잠시 마음이 묘하게 변해갔다.

"아닌가?"

주찬이 고개를 갸웃거린 순간 다시 한 번 힉스입자가 어딘가를 가리키는 느낌이 들었다.

주변에 있는 거대한 저수지 쪽으로 힉스입자는 쏟아져 나갔다.

"물은 왜?"

생각하는 주찬이 번뜩 떠오른 생각에 얼른 그쪽으로 달려갔다.

타탁.

그러나 막상 도착하니 물 담을 그릇이 없었다.

"여러 가지로 애 먹이네."

주변에 버려진 자그마한 종이컵에 물을 조심스럽게 담은 주찬이 플라스틱과 새로운 물질이 뒤덮여 있는 바위 위를 쳐다봤다.

워낙 미량의 방사능이 뿜어져 나오고 있어 인체에는 거의 무해한 수준이었다.

그렇지 않다면 이런 야외에서 실험할 리가 없는 주찬이었다.

"신세 처량하네."

변변치 않은 연구실도 없어 여기서 실험하는 자신이 웃기기만 했다. 하지만 이내 주찬은 모든 생각을 지워 버리고 조심스럽게 물을 부었다.

쪼르륵.

저수지 물이 바위 위에 있는 플라스틱과 새로운 물질 속으로 스며들었다.

주찬은 종이컵에 있는 물을 모두 따른 후 가만히 지켜봤다.

처음에는 아무런 변화가 느껴지지 않았다.

그러나 얼마 지나지 않아 놀라운 일이 벌어졌다.

"아니, 이건."

눈으로 보이지 않았지만 방사능이 점점 소멸되는 것을 느꼈다.

그 속도도 주찬의 생각보다 훨씬 빨라 불과 1분도 지나기 전에 말끔히 사라진 것을 알았다.

"대박이다!"

놀란 주찬이 다시 한 번 꼼꼼히 살펴봤으나 어디에서도 방사능의 느낌은 들지 않았다.

"깔끔하네?"

주찬은 주먹을 불끈 쥐었다.

드디어 자신의 뜻대로 일이 해결된 것을 알자 주찬은 허공에다 고함을 질렀다.

"우와아!"

강한 희열이 온몸을 사로잡으며 짜릿한 전율을 선사했다.

Chapter 06
거물과의 만남

1월 0일

　다시 카이스트에 도착한 주찬이 방사능이 말끔하게 제거된 플라스틱 조각들을 작은 상자에 담아 차 안에 놔뒀다.

　그리고는 조경민 박사로부터 받은 강철 상자를 들고 차에서 유유하게 내렸다.

　걸어서 오 분도 지나지 않아 연구실에 도착한 주찬은 아직도 연구에 몰두하고 있는 조경민 박사에게 인사했다.

　"다시 왔습니다."

　"어, 그래요?"

　"여기 돌려드리러 왔습니다."

　"잠깐만요. 좀 기다리시죠."

조경민 박사는 강철 상자를 들고 서둘러 어디론가 사라졌다.

조경민 박사가 다시 돌아온 것은 20여 분이 지난 후였다.

"확인됐습니다. 제가 더 도와드릴 건 있나요?"

끝까지 존댓말을 쓰는 조경민 박사를 보고 주찬은 조금 존경심마저 일었다.

그 나이에도 어린 자신에게 존댓말을 써주는 그 인격에 경탄할 지경이었다.

보통 나이든 사람들은 권위의식이 있었지만 조경민 박사에게는 전혀 보이지 않았다.

감탄한 주찬이 조용히 고개 숙였다.

"나중에 다시 찾아뵐 일이 있을 겁니다."

"좋은 성과는 거뒀습니까?"

별다른 기대감 없는 조경민 박사 목소리였지만 주찬은 힘차게 고개를 끄덕였다.

"조금요."

"그래요? 어떤 건지 물어도 되겠습니까?"

"아직은 말씀드릴 단계가 아닙니다. 나중에 말씀드리죠. 그럼 안녕히 계십시오."

주찬은 서둘러 인사를 마치고 밖으로 나섰다

뒤에 있는 조경민 박사가 멍하니 자신을 쳐다보는 모습이 보였지만 지금은 아무런 말을 할 때가 아니었다.

다시 차에 오른 주찬은 복잡한 고민에 빠져들었다.

자신이 얻은 성과가 놀라운 일이었지만 지금 당장 써먹을 수는 없었다.

"제기랄."

현실의 벽을 느껴야만 했다.

이런 프로젝트를 진행하기에는 세계적인 거대 그룹의 힘이 필요했다. 그런데 주찬 입장에서는 아는 곳이 아무 데도 없었다.

그렇다고 에버트 바이엘 수석이사를 이용하고 싶은 생각은 없었다.

분야가 다를뿐더러 그와 다시 거래하는 것은 별로 썩 내키는 일은 아니었다.

"철저히 내가 이끌어야 해."

그 생각으로 고민하던 주찬이 여러 가지 생각에 잠겼다.

"세계적인 그룹이 어디가 있을까?"

지금 입장에선 그저 직접 맞부딪치는 수밖에 없었다. 다행히 자신이 신약으로 얻은 성과가 있었기에 어디 가서 박대 받지 않을 자신은 있었다.

"어디가 좋을까?"

고민하던 주찬이 일단 집으로 방향을 돌렸다.

골치 아플 때는 식구들과 함께 즐거운 시간을 보내면서 마음을 좀 정리할 생각이었다. 그러나 주찬의 그런 생각은 그리 오래가지 않았다.

띠르륵.

갑자기 울리는 휴대폰 소리에 주찬이 고개를 갸웃거렸다.

"뭐지?"

미국 전화번호가 찍혀 있자 주찬은 고개를 갸웃거리며 얼른 받았다.

"여보세요."

ㅡ주찬 씨?

"누구신지요?"

ㅡ저 스미스입니다. 기억하시겠어요?

스미스 목소리에 주찬이 반색했다.

"그럼요. 기억하죠."

ㅡ지난번에는 정말 고마웠습니다. 어머니는 괜찮으시죠?

"이젠 완전히 쾌차하셨습니다."

ㅡ다행입니다. 그런데 제가 드릴 말씀이 있습니다만.

스미스의 목소리가 어딘지 모르게 약간 긴장된 기색이었다. 주찬은 모르는 척 담담하게 입을 열었다.

"편하게 말씀하세요."

ㅡ다름이 아니고 한 분이 주찬 씨를 뵙길 원합니다.

"저를요? 무슨 일로요?"

ㅡ그분도 악성종양 말긴데, 주찬 씨 어머니와 비슷한 케이스입니다.

주찬은 그제야 느낄 수 있었다. 분명히 스미스의 입이 싼 탓에 벌어진 일이었다.

주찬은 심드렁한 어투로 말했다.

"혹시 누구신지 알아도 되겠습니까?"

—지멘스 그룹 아시죠?

"알죠."

—거기 회장님이십니다.

들려온 이야기에 주찬은 속으로 두 손 들고 쾌재라도 부르고 싶은 심정이었다.

이런 걸 부르고 불감청일지언정 고소원이라는 생각이 들었다.

자신이 원하는 사람이 이렇게 쉽게 나타나는 것이 기분이 좋았다.

여기저기 찾아다니며 고생하지 않아도 된다는 생각에 주찬이 얼른 말했다.

"그래서 저보고 좀 봐달라는 겁니까?"

—그렇습니다만 가능하십니까?

이 대목에선 잠깐 뜸을 들였다. 쉽지 않은 일이란 인상을 상대에게 심어줄 필요가 있었다.

오분여 동안 말이 없던 주찬의 입이 드디어 열렸다.

"알겠습니다. 전화번호 주시면 연락해 보도록 하죠."

—아, 그래요? 전화번호가…….

반색하는 스미스의 목소리를 들으며 주찬이 전화번호를 입력했다.

"알겠습니다. 연락드리죠."

—꼭 부탁드리겠습니다.

화기애애하게 통화를 마친 주찬이 씩 웃었다.

보나마나 스미스도 이번 중계 건으로 상당한 거액을 손에 쥘 것은 분명했다.

"많이 먹어도 돼."

주찬이 싱긋 웃으며 휴대폰을 바라봤다. 이미 결정된 일인데 지체할 이유도 전혀 없었다.

일이 예상을 깨고 제대로 풀리자 마음의 짐이 한결 덜어진 기분이었다.

주찬은 마지막으로 자신이 독일에 가면 홀로 걱정할 어머니에게 연락했다.

세상에서 유일하게 자신의 비밀을 아는 어머니기에 무척 신경 쓰였다.

"독일에 좀 다녀오겠습니다."

—독일? 혹시 위험한 일이니?

대뜸 걱정부터 하는 어머니의 목소리를 들으며 연락하기 잘했단 생각이 들었다. 나중에 말했으면 펄펄 뛸 장면이 눈에 선했다.

"아니에요. 그럴 일 없어요."

―주찬아. 비밀은 지키라고 있는 거야. 내 말 명심해라.

어머니의 걱정을 들은 주찬의 입가에 웃음이 떠올랐다.

세상에 자신을 걱정해 줄 수 있는 지인이 있다는 건 정말 고마운 일이었다.

"아무 걱정 마세요. 조심에 조심할게요."

―그래, 믿는다, 내 아들.

"아버님과 식구들한테 말씀 잘 전해주세요."

―원, 아들이라고 얼굴 보기가 이렇게 힘드니.

어머니의 작은 투정이 오늘따라 듣기 좋았다. 주찬은 흥겨운 마음으로 약속했다.

"조금만 더 기다리시면 평생 지겹도록 보실 겁니다."

―제발 그랬으면 좋겠구나. 잘 다녀와라.

어머니의 인사말을 들으며 주찬이 휴대폰을 주머니에 집어넣었다.

이제는 출발하는 일만 남았다.

주찬이 연락하기 전에 독일에서 선수를 쳤다.

―이주찬 씨?

"맞습니다."

―프리트호프 회장님 지시로 연락드립니다. 시간만 말씀해 주시면 예약해 놓겠습니다.

상대의 성의에 주찬이 얼른 화답했다.

"오늘 출발하는 편이 좋겠네요."

―바로 조치하겠습니다. 잠시만 기다리십시오.

하루라도 빨리 온다는 주찬 말이 상대 입장에선 정말 고마운 눈치였다.

통화를 마친 주찬이 피식거렸다.

"편하네."

더 편한 일이 벌어졌다.

불과 오 분 만에 다시 연락이 왔다.

―오후 4시 20분 항공편입니다. 수속은…….

"독일서 뵙겠습니다."

그길로 택시를 잡아타고 인천공항으로 향했다.

탑승수속장에 가니 예상대로 일등석이었다.

장거리 항공여행은 편한 자리가 최고였기에 만족스러웠다.

다음 날 새벽, 주찬이 독일에 도착하자마자 입국장에서 마중 나온 사람을 만났다.

큰 골격에 게르만 민족 특유의 얼굴을 지닌 30대 남자가 주찬에게 다가섰다.

"이주찬 씨죠?"

"맞습니다만."

"만나서 반갑습니다. 분트라고 합니다. 프리트호프 회장님이 보내셨습니다. 이쪽으로."

분트의 정중한 안내를 받아 공항 입구에 가자 최고급 바이마흐 한 대가 서 있었다.

프리트호프 회장이 자신을 예우하는 것이 한눈에 느껴질 정도였다.

푹신.

차에 오르자 푹신한 시트 감촉이 일품이었다.

'이래서 고급차를 타는군.'

부러운 생각은 전혀 들지 않았다.

주찬도 마음만 먹으면 곧 이런 차를 살 수 있다는 생각이 들었다.

순간 주찬의 머릿속에서는 한 가지 계획이 떠올랐다.

'거부(巨富)라.'

이제 눈앞에 닥쳐온 현실이다.

큰돈을 벌면 어떻게 살 것인지에 대해서 진지하게 고민에 들어갔다.

욕 처먹는 부자는 절대 사양이었다.

한국에서 잘 산다는 건 얼굴이 두꺼워야 했다.

"음."

주찬 머릿속에 조금씩 미래가 그려졌다.

한참을 생각하는 사이 드디어 프랑크푸르트에 있는 프리트호프 회장 별장에 바이마흐 승용차가 도착했다.

"도착했습니다. 내리시지요."

분트의 정중한 안내를 받으며 별장 안으로 들어섰다.

말이 별장이지 거의 저택 수준이었다.

마당 한가운데 커다란 분수대에는 갖가지 조각이 널려 있고, 곱게 가꾼 잔디밭, 그리고 조경수들이 한껏 풍취를 돋우고 있었다.

집값?

상상조차 하기 힘든 액수임이 분명했다.

주찬은 말없이 거실로 향했다.

거실에는 한 노인이 앉아 있었다.

"음."

주찬은 순간 흠칫 놀랄 수밖에 없었다.

노인의 얼굴은 야윌 때로 야위어 금방이라도 쓰러질 듯한 몸매였다.

저 몸으로 소파에 앉아 있는 것 자체가 무리로 보였다.

그러나 눈빛만은 시퍼렇게 살아 있어 예사로운 노인은 절대 아니었다.

'프리트호프 회장이군.'

한눈에 알아볼 정도였다.

주찬은 다가서자마자 살짝 인사한 후 말했다.

"거기 앉아 계실 힘이 계십니까?"

"손님이 왔는데 여기 앉아 있어야죠."

힘없는 목소리지만 여전히 카리스마는 살아 있었다.

'저래서 재벌이 됐나?'

주찬은 거기서 생각을 끊었다.

지금 중요한 건 프리트호프 회장의 신분이 아니었다. 그 병색이 완연한 병세를 고치는 것만이 중요했다.

"차 한 잔 내오지."

프리트호프 회장이 작지만 무게 있게 말하자 옆에 있던 분트가 고개 숙이고 얼른 사라졌다.

둘만이 남자 프리트호프 회장이 주찬에게 말했다.

"이야기는 들었습니다. 어떻게 제 병이 심해서 가능할지 모르겠습니다."

"일단 손을 대봐야 알겠습니다."

"허 참. 내가 늙어서 노망이 나나 봅니다. 그런 쓸데없는 말에 귀를 기울이다니."

"분명히 효과가 있을 겁니다."

주찬은 말과 동시에 자리에서 일어섰다.

"일단 좀 봐도 되겠습니까?"

주찬이 프리트호프 회장의 손을 잡았다.

이번에는 힉스입자를 넣지 않고 그저 잘 모르지만 맥을 짚어봤다.

똑. 똑.

맥 뛰는 소리가 희미한 게 금방이라도 쓰러질 것 같은 느낌이었다.

주찬은 어머니보다 더 심한 상태를 보고 깜짝 놀랐다.

'곤란한데?'

주찬이 내심 고개를 저었다.

이런 상태라면 전신마취 해서 힉스입자로 치료한다는 것은 불가능했다.

아차 하면 전신마취 중에 숨을 거둘 수도 있었다.

살리러 온 거지 죽이러 온 길이 아니었기에 다른 방법을 써야만 했다.

주찬이 손을 떼자 프리트호프 회장이 술술 이야기를 풀었다.

"주치의 말로는 얼마 안 남았다고 하더군요."

"제가 봐도 그렇습니다."

"허허. 금방 죽을 사람에게 그런 말 하는 거 실례 같지 않습니까?"

"그럴 일이 없으니까요."

주찬은 자신 있었다.

아직까지 힉스입자가 있는 한 이 정도 병은 고칠 자신이 있었다.

물론 여러 명 고칠 순 없지만 당장 눈앞에 있는 프리트호프 회장 정도는 충분하다는 생각이 들었다.

자신만만한 주찬의 표정으로 보고 프리트호프 회장이 눈

에 이채를 띠었다.

"내로라하는 세계적인 명의들도 포기한 몸입니다."

"저는 의사가 아닙니다."

"그건 들어서 알고 있습니다."

"저는 과학과 동양의 신비한 기운으로 치료합니다."

거짓말도 하다 보니 늘었다.

주찬이 독일에 온 건 다른 이유가 컸다. 프리트호프 회장의 치료는 부수적인 일에 불과했다.

그러나 그런 주찬의 마음을 모르는 프리트호프 회장의 입장에선 내심 크게 놀랄 수밖에 없었다.

최악의 상황이라 생각한 자신의 병세를 보고도 주찬이 신경 쓰지 않는 것을 눈치챈 탓이다.

프리트호프 회장의 얼굴이 서서히 달아올랐다. 살 수 있다는 확률을 본 노인의 얼굴이었다.

"알고 있습니다. 그런데 특별한 약이 있다고 들었습니다만."

주찬은 속으로 웃음이 났다.

프리트호프 회장의 말은 분명히 스미스의 이야기를 들었음이 분명했다.

그러나 이미 주찬도 그것을 짐작한 듯 준비해 온 게 있었다.

바로 주머니에서 뭔가를 꺼내들었다.

"이게 그 약입니다."

"그게 그렇게 효과가 좋습니까?"

"일단 회장님 상태를 보고 움직여야 될 것 같습니다. 시간이 없으니 오늘부터 치료에 들어갈까 합니다."

주찬이 말하자 프리트호프 회장의 눈빛이 이상해졌다.

"그런데 보통 이런 치료를 한다면 조건을 내세우지 않습니까?"

"그렇죠."

"그쪽이 원하는 조건은 뭔가요?"

프리트호프 회장이 약간 냉정한 투로 말했다.

주찬은 순간 판단을 내릴 수밖에 없었다.

여기서 조건을 얘기한다면 프리트호프 회장 입장에선 들어줄 수밖에 없었다. 하지만 주찬이 원하는 건 적극적인 협조였다.

그저 생명을 구했다고 해서 프리트호프 회장이 순순히 자기의 뜻에 따라줄 리 없다.

그도 거대 그룹을 이끄는 총수답게 냉정함을 가지고 있었다.

말투 하나로 프리트호프 회장 성격을 알아챈 주찬은 생각을 바꿔 먹었다.

이럴 때 자신의 눈을 믿는 것이 제일 좋았다.

'눈빛이 좋아.'

저런 사람이라면 절대 은혜를 가볍게 넘기는 사람이 아니었다.

그 점을 믿고 주찬은 시원하게 내질렀다.

"일단 치료 후에 말씀드리도록 하죠."

"내가 모른 척하면 어떻게 되는 겁니까?"

"그건 내 복이라고 여겨야죠."

"허허. 이 친구 젊은 분이 상당히 배짱이 대단하시네."

프리트호프 회장이 말하자 주찬이 한마디 했다.

"저 먹고 살 만큼은 있습니다."

"이야기는 들었습니다. 신약을 개발해서 상당한 부를 쌓았다고 들었습니다만."

말은 그렇게 하지만 주찬이 가진 부는 관심조차 없는 눈치였다.

왜 아니 그러겠는가?

그가 가진 재산을 생각하면 주찬이 가진 돈은 그야말로 태양 앞에 반딧불 정도? 그 이상은 절대 아니었다.

주찬도 자신이 가진 금력을 내세우고 싶은 마음은 없었다.

"지금 중요한 건 회장님의 치료입니다. 차 마실 시간도 없을 것 같습니다."

"차도요?"

깜짝 놀란 프리트호프 회장 말에 주찬이 슬쩍 말했다.

"올라가시죠. 침대가 어디 있습니까?"

"몸이 힘들어서 1층에 있습니다."

프리트호프 회장도 역시 한 번도 말을 놓지 않았다.

그가 가진 위치라면 주찬에게 편하게 대할 만도 하건만 한 번도 빈틈을 보이지 않았다.

주찬은 프리트호프 회장이 만만치 않은 인물임을 알았지만 일단 히든카드는 자신이 들고 있었다.

'누가 이길지는 모르지.'

주찬은 천천히 일어서 프리트호프 회장에게 가 손을 내밀었다.

"잡으시지요."

"몸이 그래서 신세 좀 지겠습니다."

아무런 사양 없이 바로 주찬의 손을 잡았다.

늙고 약한 손이었다. 하지만 그 손은 세계 경제에서 막대한 영향을 끼치는 거대 글로벌 그룹의 회장이었다.

주찬이 천천히 프리트호프 회장을 부축하고 움직이자 차를 들고 들어오던 분트가 흠칫 놀랐다.

"아니, 회장님."

"침대 방으로 가자고."

"제가 모시겠습니다."

"아니네. 이분이 모신다니까 자네는 길 안내를 하게."

프리트호프 회장의 지시에 분트는 아무런 대꾸도 하지 못하고 천천히 움직였다.

거실에서 침대가 있는 방까지는 불과 50여 미터 정도였다.
그러나 부축을 하고 움직이는 발길이 하도 느려 무려 5분이
나 걸렸다.

주찬은 혀를 내두르며 프리트호프 회장에게 말했다.

"여길 걸어오신 겁니까?"

"손님을 맞이하는 예의는 있어야지요."

"그러지 않으셔도 됩니다."

"그렇게 살아 왔습니다."

프리트호프 회장의 말투에 주찬은 내심 크게 감탄했다.

거대 그룹의 회장답지 않은 소탈한 모습이기도 했다.

'내 눈이 틀리지 않았길 바란다.'

주찬은 내심 중얼거리며 천천히 침대에 프리트호프 회장
을 눕혔다.

프리트호프 회장은 눕자마자 피로한 듯 슬며시 눈을 감았
다.

'이제부터 시작이군.'

주찬은 이미 치료 방법을 생각해 뒀다. 전신마취가 불가능
하다면 다른 방법을 써야만 했다.

한 가지 이채로운 사실을 깨달은 주찬이 프리트호프 회장
에게 물었다.

"의사 분이 안 계시네요?"

"주찬 씨가 오신다고 해서 잠시 자리를 피하라고 했습니다."

작은 것도 챙기는 섬세한 배려가 느껴졌다.

주찬은 고개를 끄덕이며 다른 사람들에게 말했다.

"모두 나가주시죠."

"……."

다들 침묵하고 주춤거리는 순간 프리트호프 회장이 말했다.

"나가게."

"네, 회장님."

그 한마디에 기계적으로 인사하고 방 안에 있던 사람들이 우르르 나갔다.

철컥.

문이 닫히자 이제 남은 건 두 사람뿐이었다.

프리트호프 회장을 본 주찬은 이미 계획을 세워놓고 있었다.

천천히 프리트호프 회장에게 다가서며 한마디 했다.

"이걸 먼저 드시죠."

주찬은 준비해 온 비타민제와 물을 권했다.

프리트호프 회장은 눈을 반짝거리며 주찬에게 물었다.

"이게 그 신비의 약입니까?"

"글쎄요. 일단 드시죠."

뭐라고 답하기 애매한 상황이라 주찬은 두루뭉술하게 넘어갔다.

프리트호프 회장은 희망에 찬 눈빛을 지우지 않은 채 약을 꿀꺽 삼켰다. 그리곤 인간답게 아주 솔직하게 한마디 했다.

"살았으면 좋겠습니다."

"그러셔야죠."

프리트호프 회장의 진솔한 말이 왠지 공감이 가는 순간이었다.

공연히 사회적 지위를 내세워 겉멋을 부렸다면 주찬에게 좋은 이미지를 심어주기 힘들었을 것이다.

"자, 편히 쉬시고."

주찬이 다시 프리트호프 회장을 베개 위에 눕힌 후 살며시 목덜미를 건드렸다. 급소 중에 하나인 곳이지만 적절한 힘 조절을 하며 눌렀다.

"음."

짧은 신음 소리와 함께 프리트호프 회장이 의식을 잃고 조용히 눈을 감았다.

단 한 방에 프리트호프 회장은 이미 기절 상태임을 알았다.

"시작할까?"

프리트호프 회장이 깨어 있다면 고통은 고통이거니와 자신만의 비밀이 들통 나기 좋은 일이었다.

어차피 계속할 일도 아닌데 공연히 소문나 파장을 일으킬 필요도 없었다.

주찬은 익숙한 동작으로 프리트호프 회장의 배에 손을 내밀었다.

하다 보니 이젠 숙달되어 아예 자연적으로 움직이는 몸놀림이었다. 힉스입자와 항체를 이용한 치료도 같았다.

'이번이 마지막이다.'

주찬이 남몰래 다짐했다.

하면 할수록 힘이 더 드는 기분이 영 꺼림칙했다.

힉스입자를 조절하는 일도 점점 더 어려웠다.

한 시간. 두 시간.

시간은 덧없이 흘렀다.

주찬은 프리트호프 회장이 깨어나려는 기미를 보일 때 마다 목덜미를 살며시 눌렀다.

"잠드는 게 편한 길입니다."

공연히 깨어나서 고통을 줄 필요는 없었다.

세 시간 반이 지나자 마침내 주찬은 손을 떼고 빙긋 웃었다.

이젠 모든 일이 마무리된 후였다.

주찬은 침대 옆에 마련된 의자에 앉아 조용히 눈을 감았다.

몇 번씩이나 해도 피로감은 여전히 전신을 감싸왔다.

슬며시 눈을 감고 피로를 풀기 위해 잠이 들었다.

번쩍!

주찬이 잠에서 깨어난 것은 30여 분이 지난 후였다.

침대를 바라보니 프리트호프 회장은 아직 꿈속을 헤매고 있었다.

주찬은 천천히 일어서 방문을 열었다.

철컥.

열자마자 방밖에는 수많은 사람이 서서 안절부절못하는 모습이 보였다.

특히 주찬을 데리고 왔던 분트가 앞으로 나서며 말했다.

"치료는 어떻게 됐습니까?"

"다행히 잘된 것 같습니다."

"잘되다니요?"

기대에 찬 분트의 말에 주찬이 싱긋 웃었다.

"주치의를 불러서 체크해 보도록 하십시오. 저는 피곤해서 쉴 방을 주셨으면 합니다."

"잠시만요. 이분을 숙소로 모셔다 드리게."

그 말과 동시에 뒤에 있던 한 남자가 주찬에게 다가섰다.

"이리로 오십시오."

주찬은 그를 따라 조용히 1층으로 향했다.

Chapter 07
미래를 향한 포석

1월 0일

8시간이 지난 후에야 주찬은 잠에서 깨어날 수 있었다.

"뻐근하네."

오랜 장거리 비행과 치료를 거치자 아무리 주찬이라도 피로감을 씻기는 어려웠다.

그래도 잠을 푹 자고 나니 어딘지 모르게 개운한 느낌이 들었다.

철컥.

주찬이 일어나서 방밖으로 나가자 기다렸다는 듯이 분트가 달려왔다.

"기다렸습니다. 지금 회장님께서 기다리고 계십니다."

"가볼까요?"

주찬은 싱긋 웃으며 걸음을 옮겼다.

조금 허기가 느껴졌지만 일단 프리트호프 회장과 이야기를 마치고 식사라도 할 생각이었다.

방 안에 들어서자 침대에 누워 있던 프리트호프 회장이 힘겹게나마 몸을 일으키는 모습이 보였다.

"회장님 무리하시면 안 됩니다."

옆에 있던 주치의가 말렸으나 프리트호프 회장은 미소를 지으며 주찬을 맞이했다.

"어서 오시지요."

"한결 좋아 보이십니다."

주찬이 웃음으로 화답했다.

주찬의 말대로 프리트호프 회장은 어제보다 훨씬 활기찬 모습으로 변해 있었다.

얼굴에 홍조는 물론이고 몸에도 왠지 힘이 붙어 있는 느낌이었다.

주찬이 천천히 침대 옆으로 다가서자 프리트호프 회장이 덥석 손을 잡았다.

"뭐라고 감사를 드려야 될지."

"뭘요. 운이 좋으신 겁니다. 그런데 제가 시장한데."

"아, 가서 식사하고 오시죠. 그런데 좀 묻고 싶은 말이 있습니다."

"말씀하십시오."

주찬이 대답하자 프리트호프 회장이 손을 저었다.

또다시 사람들이 우르르 썰물처럼 나가는 순간이었다.

단둘이 남자 이번에는 프리트호프 회장이 먼저 입을 열었다.

"주치의 말에 의하면 악성종양이 굉장히 약해졌다더군요."

"다행입니다."

"이제 머지않아 사라질 정도의 징조가 보인다고 합니다. 그런데 궁금한 게 있습니다."

"말씀하시지요."

주찬은 프리트호프 회장이 무엇을 물을지 뻔히 짐작하고 있었다.

아니나 다를까 프리트호프 회장의 질문이 이어졌다.

"어떻게 하신 겁니까?"

"잘 했습니다."

"좀 설명해 주시면 안 되겠습니까?"

"저만의 비밀이 있습니다. 아실 필요는 없고요. 회복되셨다는 것만으로 만족하시면 됩니다."

주찬이 차분하게 대답하자 프리트호프 회장이 눈빛을 빛냈다.

"그때 부탁이 있다고 들었습니다만."

"네, 있습니다."

단호한 주찬의 말에 프리트호프 회장이 환하게 웃으며 말했다.

"말씀해 보십시오. 제가 능력이 닿는다면 뭐든 도와드리지요."

"그럼 편하게 말씀드리겠습니다. 연구할 수 있는 연구소, 그리고 100만 갤런 이상의 액체를 담을 수 있는 저장탱크를 원합니다."

"무슨 일인지 물어도 되겠습니까?"

"남에게 발설하지 않는다는 약속을 먼저 해주십시오."

주찬이 넌지시 다짐을 받으려 하자 프리트호프 회장은 곧바로 승낙했다.

"저 입 무겁습니다."

"방사능 오염 제거제를 만들어 볼까 합니다."

"방사능 오염 제거제요?"

화들짝 놀란 프리트호프 회장의 눈빛이 번쩍였다.

그도 사업가이기에 지금 주찬의 말이 어느 정도인지 알고 있었다. 하지만 금방 눈은 회의적으로 돌아섰다.

방사능 오염 제거라는 것은 전 세계 모든 과학자가 달려들어도 여태까지 풀지 못했던 영원한 숙제 같은 것이다.

그런데 주찬이 말하자 프리트호프 회장이 믿음을 갖긴 어려웠다.

아무리 자신을 치료해 준 주찬이라 하나 믿을 것과 아닌 것이 분명히 있었다.

　주찬은 그런 심정을 충분히 이해하고 말했다.

　"저도 시도해 보는 겁니다."

　"그러면 방사능 오염방지 연구소와 그 제거를 담을 수 있는 통, 그 두 가지면 됩니까?"

　"지금으로서는 그렇습니다. 그러나 나중에 또 부탁드릴 게 있습니다."

　주찬이 말하자 프리트호프 회장이 답답하다는 듯이 말했다.

　"아예 처음부터 다 털어 놓으시죠."

　"액체를 공중에서 뿌릴 농약살포 비행기들이 좀 많이 필요합니다."

　"어느 정도나 필요하십니까?"

　"많을수록 좋습니다."

　주찬이 말하자 프리트호프 회장이 고개를 갸웃거리고 말했다.

　"이상한 느낌이 드는군요. 불가능인 건 분명한데 왠지 될 것 같은 자신감이 느껴집니다."

　"그럴지도 모릅니다."

　"그거면 되겠습니까? 아무리 그래도 별도로 금전적인 보상 정도야 해드리고 싶은데."

"충분하다 못해 넘칩니다."

주찬이 미소 짓자 프리트호프 회장이 고개를 끄덕였다.

"대단하시다면 대단하시네요. 처음부터 조건을 내세운 게 아니라 제 입으로 나오게 만들었군요."

"그게 더 좋은 게 아니겠습니까?"

"그렇죠. 알겠습니다. 당장 조치하도록 하죠. 먼저 가서 식사를 하시죠."

"네, 허기가 많이 집니다."

"어서 많이 드십시오. 제가 특별히 준비시켰습니다."

프리트호프 회장의 목소리에 주찬이 고개를 까딱 숙이고는 방 밖으로 나갔다.

"통이 큰 인물이군."

주찬이 말한 조건은 그리 가볍지는 않았다.

연구소, 그리고 만 톤을 담을 수 있는 저장탱크.

둘만 해도 힘든데 수많은 비행기를 원하는 주찬의 요구를 서슴없이 들어줬다.

"세계적인 재벌이 맞기는 해."

엄두가 나지 않는 부탁이었지만 상대는 가볍게 처리했다.

그러나 주찬은 한 가지만 생각했다.

일이 잘된다면 프리트호프 회장도 충분한 이익을 줄 셈이었다.

'세상사 주고받기지.'

이야기를 마치고 밖으로 나가자 분트가 기다렸다는 듯이 주찬을 안내했다.

"죄송합니다. 잠을 깨실까 봐 식사 말씀을 못 드렸습니다."

"별말씀을요. 어서 가시죠."

주찬이 소탈하게 말하자 분트가 빙그레 웃었다.

"회장님을 살려주셔서 정말 감사드립니다."

"실례지만 회장님의 인척이십니까?"

"아닙니다. 어려서부터 회장님을 보필해 왔습니다. 회장님을 존경하거든요."

"그럴 만하더군요."

주찬이 고개를 끄덕였다.

식당에 도착한 주찬이 식탁을 보고 입을 쫙 벌렸다. 어마어마한 식사 준비였다.

얼핏 와인만 봐도 한화로 최고 수백만 원은 호가할 만한 귀품으로 보였다.

하물며 다른 요리야 말할 것도 없었다.

"이거 왕이 된 기분입니다."

"그 이상을 해드리라는 회장님의 지시가 있었습니다."

"이거 다 먹으면 배 터지겠는데요?"

분트는 말없이 웃을 뿐이었다.

주찬은 천천히, 그러나 모든 것을 음미하면서 식사를 마쳤다.

"큭."

자신도 모르게 트림이 나올 정도로 행복한 시간이었다.

주찬이 입가심으로 와인을 마시자 분트가 입을 열었다.

"회장님께서 일단 쉬시고 모든 게 준비되는 대로 연락드린다고 하셨습니다."

"감사하다고 전해주십시오."

"이제 회장님 뵈러 가지 않을 겁니까?"

"이제는 주치의 분들의 역할이죠. 전 좀 쉬어야겠습니다."

주찬은 자리에서 일어섰다.

사실 프리트호프 회장과 만나서 더 이상 나눌 이야기도 없었다.

이미 얘기는 다 끝났으니 조용히 미래 계획을 잡을 뿐이었다.

주찬은 방에 들어가 앞으로의 계획을 짜느라 여념이 없었다.

글로 남기면 흔적이 되기에 철저히 머릿속으로만 계산하고 움직여야만 했다.

만약에 한 글자라도 썼다가 유출이라도 된다면 자신에게 좋을 일은 하나도 없었다.

골머리 아픈 일이지만 주찬에겐 그리 힘든 일도 아니었다.

차곡차곡 뇌리에 담아두는 재미도 쏠쏠했다.

그렇게 만 이틀이 지났다.

똑똑.

노크 소리와 함께 분트가 들어섰다.

"다 준비됐답니다."

"뭐가요?"

주찬이 놀라 묻자 분트가 천천히 설명했다.

"곧장 연구소로 가시면 됩니다. 나머지 것도 빠른 시간 내로 준비하라는 회장님 지시가 있었습니다."

"가볼까요?"

주찬은 망설임없이 자리에서 일어났다.

이제부터는 정말 제대로 연구해 볼 생각이었다.

고강도의 방사능 오염을 제거하는 실험이 필수였다. 실험 없이 만약 실수라도 한다면 세계적으로 망신살이 뻗칠 위험이 컸다.

실없는 소리를 한 인간이 되어 전 세계적인 웃음거리가 될 것이다.

그걸 막기 위해서는 고농도의 방사능 오염 물질을 제거해야만 했다.

주찬이 밖으로 나가자 바이마흐 한 대가 조용히 주차되어 있었다. 주찬이 분트에게 의아한 듯 물었다.

"올 때 차는 아니군요."

"새로 뽑은 차입니다."

"저를 위해서요?"

말없이 웃는 분트를 보고 주찬이 뒤돌아섰다.

"아무래도 회장님께 인사를 드려야겠습니다."

주찬은 곧바로 프리트호프 회장이 있는 방 안으로 들어섰다.

이젠 거의 생기를 찾은 듯 방 안에서나마 걸어 다니는 모습이 인상적이었다.

주찬이 정중하게 인사했다.

"회장님, 저는 이만 가보겠습니다."

"그동안 한 번도 안 와서 서운했습니다."

"서운하기는요. 그리고 이제 말씀 편하게 하십시오."

"무슨 말씀을. 생명의 은인에게 말을 놓을 정도로 그렇게 예의 없는 사람은 아닙니다."

프리트호프 회장이 겸손을 부렸으나 주찬이 더 완강했다.

"저도 마찬가지입니다. 거의 할아버지 연배신데 계속 존댓말 듣자니 어색합니다."

"그럼 그러겠네. 정말 고마웠네."

"별말씀을요."

"앞으로도 필요한 게 있으면 서슴없이 얘기하게. 그 외에도 들어줄 수 있어."

모든 걸 들어주겠다는 프리트호프 회장의 말에는 깊은 신뢰가 담겨 있었다.

단지 목숨을 살려줬다는 이유. 그 이유 외에도 프리트호프 회장은 주찬이 마음에 든 모양이었다.

상대가 호의를 보이는데 주찬이 거부할 리 없었다.

"그리 배려해 주시니 고맙습니다."

"아니야. 이런 일을 하면서도 조건을 미리 내걸지 않는 그 마음이 마음에 들었어. 앞으로 또 필요한 일이 있으면 도와주겠네."

그 말에 주찬이 싱긋 웃었다.

"제가 회장님을 도와드릴지도 모르겠습니다."

"그럴지도 모르지. 세상일은 아무도 모르는 거 아닌가? 잘해보게."

주찬은 가까이 다가가 프리트호프 회장의 손을 잡았다.

"건강하십시오."

"암, 건강해야지."

악수를 마친 주찬이 뒤돌아서 미련 없이 저택을 떠났다.

몇 시간을 달려 도착한 연구소를 본 주찬의 입이 딱 벌어졌다.

"엄청 크네요."

"회장님이 특별히 부탁해서 렌트한 겁니다. 주찬 씨가 쓰고 싶으신 만큼 쓰시면 됩니다."

"이거 렌트 비가 어마어마할 텐데."

"회장님 생명에 비하면 아무것도 아니죠. 자, 들어가시죠."

"이 큰 연구소를 통째로 빌리신 겁니까?"

"그뿐만이 아닙니다. 이미 주찬 씨를 보조할 연구원들이 대기 중입니다."

"그것까지 대비하셨습니까?"

"그렇습니다."

분트의 목소리에는 강한 자부심이 실려 있었다.

그럴 만도 했다.

이런 일을 벌일 만한 위인은 독일에서도 불과 몇 명뿐이었다.

그 안에 프리트호프 회장이 있단 사실이 자랑스러운 얼굴이다.

주찬은 연구소 현관을 당당하게 걸었다. 금방 연구소 내로 들어서자마자 수많은 연구원이 자신을 기다리고 있는 것이 보였다.

다들 눈빛이 묘했다.

시기?

질투?

그 외에도 복잡한 얼굴들이었다.

주찬이 머쓱해하는 사이 분트가 앞에 나서며 말했다.

"이분을 도와서 연구해 주시면 됩니다. 모든 지원은 저희 지멘스 그룹에서 하니 걱정하지 마시고요."

분트의 말을 들리자 연구원들이 모두 화색이 돌았다.

사실 연구소라는 존재, 거금이 들어가는 돈 먹는 하마였다. 덕분에 안정적인 연구자금이 꼭 필요하게 마련이었다.

그런데 지멘스라는 거대 그룹이 도와준다고 하니 모든 연구원들의 표정이 좋아질 수밖에 없었다.

주찬은 그 틈을 놓치지 않았다.

어차피 신세를 질 바에야 화끈하게 질 생각이었다.

"이제부터 저는 고농도 방사능 오염에 대해 연구할 겁니다. 저와 가까이 하실 분 네 명만 부탁드립니다."

번쩍 손을 드는 사람은 네 명이 훨씬 넘는 열 명이었다. 보나마나 옆에 있어야 눈에 띈다는 훤히 속 보일 목적이 보였다.

주찬은 모른 척 얼굴과 표정을 보고 네 명을 선발했다.

"오시죠."

네 명을 선발한 주찬은 망설임없이 연구소로 향했다.

"이제부터 시작이야."

주찬은 고농도 방사능 오염물질을 제거하는 일에 전력을 기울였다.

힉스입자의 도움을 받은 주찬의 움직임은 가볍고도 경쾌

했다.

거기다가 네 명의 연구원의 도움을 받아 주찬은 가급적 방사능 오염 위험을 피했다.

만약 그러지 않는다면 남들의 의심을 사기 딱 좋은 일이었다.

주찬이 연구원에게 말했다.

"방사능 오염도가 심한 거 있죠?"

"있습니다만."

"가져다주세요."

"위험합니다."

연구원이 극구 손을 들어 만류했다. 그러나 주찬은 그의 반응 따위는 신경 쓰고 싶지 않았다.

"어서요."

"방호복을 입으셔야 됩니다."

"알았으니까 갖다 줘요."

주찬의 말에 연구원이 어쩔 수 없다는 듯이 움직였다.

잠시 후 그는 조심스럽게 커다란 특수강 상자 안에 밀봉된 걸 낑낑거리며 끌고 왔다.

"이겁니다. 방호복은 저기 있고요."

주찬은 대답 없이 곧장 휴대폰을 들었다.

"프리트호프 회장님이십니까? 부탁 하나 드려야 되겠습니다."

—말해 보시게.

"지금부터 제가 말하는 물질들을 구해주세요. 뭐냐 하면……."

하나씩 부르는 소리에 프리트호프 회장이 받아 적는 소리가 들렸다.

슥슥.

"아, 하나가 빠졌군요. 물이요."

—이게 방사능 오염을 제거할 수 있는 물질을 만드는 재료인가?

"그렇습니다."

—이런 걸 함부로 나한테 얘기해도 되나? 극비 사항 아닌가?

프리트호프 회장 질문에 주찬이 담담하게 대답했다.

"아니요. 그럴 필요 없습니다."

—무슨 소린가?

"마지막 하나가 빠졌거든요."

—하하. 그래, 알겠네.

프리트호프 회장은 주찬이 최후의 물질 하나를 감췄다고 판단한 모양이다.

주찬이 생각해도 틀린 이야기는 아니었다. 그 물질은 지구상에서 오직 그에게만 있었다.

주찬은 다시 부탁했다.

"그걸로 커다란 탱크를 가득 채워 주십시오. 그리고 한 1갤런 정도는 이쪽으로 보내주시면 됩니다."

—그렇게 하지. 나도 궁금하네. 과연 방사능이 제거가 되나?

"됩니다."

자신만만한 주찬의 목소리에 프리트호프 회장은 더 이상 말하지 않았다. 이야기를 끝낸 주찬이 돌아서자 입을 아 벌린 연구원이 보였다.

통화내용을 곁에서 들은 연구원이 황당한 표정으로 물었다.

"지금 방사능 오염을 제거한다고요?"

"그렇습니다."

"그 물질로요?"

도무지 믿기지 않는 연구원 표정에 주찬은 대꾸조차 하지 않았다. 그저 팔짱을 끼고 의자에 앉아 기다릴 뿐이었다.

연구원은 머쓱한 표정으로 곧장 밖으로 나갔다.

그리고 두 시간쯤 지났을까?

드디어 프리트호프 회장이 보낸 사람들이 나타났다. 그들은 드럼통 하나에 가득 채운 재료들을 가지고 들어섰다.

주찬이 그쪽으로 다가서며 한마디 했다.

"이쪽으로 주시죠."

"안에다 놓겠습니다."

"저 안에 방사능 오염도가 심한 물질이 있는데 괜찮으시겠어요?"

"아, 아닙니다. 여기에 놓겠습니다."

누구나 자기 목숨은 귀하게 마련이었다. 어떤 사람들은 곧장 뒤로 물러섰다. 그제야 주찬은 갤런 통을 밀어 실험실 안으로 들어섰다.

척척.

방호복을 입은 후 주찬이 길게 심호흡했다.

자신감 있게 얘기했지만 고농도의 방사능 오염을 막아낼 수 있을지는 솔직히 장담하기 힘들었다.

하지만 주찬은 의심하지 않았다.

"될 거야."

자신에게 다짐하듯 말하는 확신 어린 중얼거림이었다.

주찬은 드럼통 입구를 열고 아무도 몰래 힉스입자를 넣었다.

불과 1갤런이었다. 163리터 분량에 불과해 힉스입자도 그야말로 극소량이 움직일 뿐이었다.

"끝이네."

주찬이 살짝 한숨을 몰아쉬며 망설임없이 특수강 상자를 열었다.

슈욱.

보이지는 않지만 주찬은 강한 오염물질이 자신의 온몸

을 때리는 것을 느꼈다.

"지독하네."

힉스입자는 곧바로 반응하며 튀어나올 기세를 보였으나 주찬은 살짝 누르고 방사능 오염 제거제를 쏟아부었다.

콸콸.

그리고는 지켜보는 과정만이 남았다.

이미 실험실 안은 오염 물질로 가득 찼다고 생각하는 외부 사람들은 경악했다. 바로 인터폰 소리가 들렸다.

─당장 나오세요!

주찬은 인터폰을 바라보며 싱긋 웃었다.

"커피가 없네요."

─지금 농담하실 때입니까? 지금 오염두가 급상승하고 있습니다.

"급상승하고 있나요? 확실히 보시죠."

팔짱을 끼고 주찬이 말하자 연구원의 목소리가 경악에 차 들렸다.

─아니, 이럴 수가!

"오염도는요?"

─그, 급격히 떨어지고 있습니다. 이 정도 양이면 인체엔 거의 무해합니다.

"완벽히 방사능 제로가 되면 말씀하세요."

그리고 주찬은 곧바로 창가를 향해 바깥 경치를 유유하게 살펴봤다.

사방이 막혀 있어 그저 연구실 안에 연구원들이 부지런히 뛰어다니는 모습 외에는 전혀 보이는 것이 없었다.

"볼 것도 없구먼."

주찬은 다시 연구실 의자에 앉아 느긋하게 기다렸다.

한 시간. 두 시간.

시간은 흐르고 있었다.

마침내 여섯 시간이 지났을 무렵 인터폰에서 목소리가 들렸다.

─제로입니다.

"오염도가 없다는 이야기죠?"

─없습니다. 도대체 무슨 일을 하신 겁니까?

"연구를 했죠. 나갑니다."

─아, 아니, 잠깐. 그래도 방사능 테스트는 해봐야 될 텐데.

"입구에서 하시죠."

주찬이 방호복을 훌훌 벗어버리고 철문을 열었다.

스르륵.

열리는 철문으로 통해 중간문 안에 들어서자 곧바로 사방에서 움직임이 느껴졌다.

우르르 몰려다니는 연구원들 얼굴이 비장했다.

'후후.'

주찬은 남몰래 웃을 뿐이다.

다들 방사능 오염도를 측정하는 것이 분명했다.

주찬은 느긋한 마음으로 기다렸다. 그렇게 1분이 지났을까?

큰 목소리가 들렸다.

"오염도 없습니다! 나오셔도 됩니다."

스르륵.

마지막 철문이 열렸다. 주찬이 나가자 연구원들이 우르르 몰려들었다.

"지금 우리가 본 게 사실입니까?"

"멀쩡히요."

"저 오염 제거제가 방사능을 다 사라지게 한다고요?"

"아마도요."

주찬의 말에 연구원들 얼굴엔 존경이란 단어가 떠올랐다.

세계적인 놀라운 결과를 나타낼 방사능 오염 제거제를 보고 욕심이 안 난다면 사람이 아니었다. 그러나 주찬은 신경조차 쓰지 않았다.

"잠시 쉬겠습니다."

"아, 네."

"그리고 한 가지 명심할 게 있습니다. 이 바깥쪽으로는 경비팀이 다 막고 있을 겁니다. 잘못 나갔다가 총 맞습니다."

다들 움찔하는 표정이었다.

주찬은 바로 홀로 있는 사무실에 들어가 전화기를 들고 프리트호프 회장에게 연락했다.

"성공입니다."

―정말 성공인가?

"확인했으니 이제는 더 큰 실험 대상을 찾아야죠. 이 신제품 이름도 이미 정했습니다."

―뭔가?

"클린 월드 어떻습니까? 깨끗한 지구."

―푸하하. 축하하네.

프리트호프 회장이 시원하게 웃었다.

"장소 협상 좀 부탁드립니다."

―어디를 말하는 건가?

프리트호프 회장이 말하자 미리 생각해 둔 주찬이 서슴없이 답했다.

"체르노빌이요."

―체르노빌?

프리트호프 회장의 놀란 목소리가 들렸다. 주찬은 신경조차 쓰지 않은 채 다시 말했다.

"거기가 러시아의 골칫덩어리 아닙니까? 조만간 체르노빌에 갈 수 있게끔 충분한 양을 트럭에 실어주십시오."

―트럭 가지고 되겠는가?

"분명히 실험이라 했습니다. 체르노빌을 공짜로 방사능 제거해 안전한 지역으로 만들면 우리는 뭐로 돈 법니까?"

주찬 말에 프리트호프 회장이 잠시 침묵하다가 겨우 입을 열었다.

─허! 그렇군. 좌우간 알겠네. 이쪽으로 올 건가?

"출발 준비가 끝나면 바로 그쪽으로 가겠습니다. 또한 러시아 정부에 얘기해서 실험 허가를 받아주십시오."

─그건 어렵지 않네. 어차피 체르노빌이야 죽음의 땅 아닌가. 가서 뭘 하든 러시아에서는 신경 쓰지 않을 걸세.

자신만만한 프리트호프 회장 말에 주찬이 안도했다.

"그거면 됩니다. 그리고 여기 남아 있는 클린 월드도 가져가야 될 것 같습니다."

─염려하지 말게. 축하하네. 대단한 일을 했어.

"이따가 뵙죠."

주찬은 더 이상 말을 하지 않았다.

지금 심정으로는 충분히 벅차도 너무 벅찬 심정이었다.

프리트호프 회장의 영향력은 놀라울 정도였다.

불과 24시간도 지나기 전에 프리트호프 회장에게서 연락이 왔다.

─러시아 측과 이야기가 됐네. 항공편으로 가져가 실험하기로 했어.

"고생하셨습니다. 저도 러시아로 가봐야겠군요."

─실수하면 개망신이네. 자신 있는가?

프리트호프 회장의 우려 서린 목소리였지만 주찬은 전화기에 대고 웃고 말았다. 자신도 남이 이런 말을 한다면 믿기 힘들었다.

"가서 보시면 알죠."

ㅡ음. 이번에는 못 가지만 다음에는 꼭 가볼 생각이야. 잘 다녀오게.

프리트호프 회장의 끝마디는 의미심장했다.

과연 가능할까라는 의문부호가 분명히 붙어 있었다. 주찬은 그런 프리트호프 회장 생각 따위는 이미 뇌리에서 지웠다.

어서 제대로 실험해 보고 싶은 마음만이 굴뚝이었다.

다음 날 오후.

주찬은 체르노빌에서 20킬로미터 떨어진 곳에 우뚝 서 있었다.

주변에는 방호복을 입은 사람들이 긴장된 듯 약간 몸이 떨리는 모습이었다.

주찬은 러시아 쪽에서 나온 연구원들에게 조용히 말했다.

"안전한 곳부터 시작하시면 됩니다. 양이 그렇게 많지 않으니 주변만 하셔야 합니다. 시작하십시오."

주찬의 거침없는 말에 연구원들이 주춤거렸다. 그중 한 연구원이 말했다.

"여기서 갑상선암 등 각종 암이 많이 나왔던 건 아시죠?"

"알고 있습니다."

"도대체."

"해보시면 압니다."

주찬은 더 이상 그들과 입씨름하고 싶은 생각이 없었다. 그들은 마치 똥 씹은 표정을 하고 천천히 앞으로 움직였다.

쉬익!

그들 손에 들린 고성능 분무기에서는 주찬이 개발한 비장의 무기인 클린 월드가 뿜어져 나오기 시작했다.

묵묵히 지켜보던 주찬은 뒤에 서 있는 한 연구원에게 말했다.

"방사능 농도를 테스트해 주세요."

그 말과 동시에 주찬은 앞에 갔던 사람들을 따라 걸어갔다. 주찬의 돌발행동에 다들 주춤거렸다.

방사능 오염지역을 알면서도 뒤로 빠지지 않는 주찬의 모습에 다들 어쩔 수 없이 따라오는 모습이었다.

그러나 그것은 순간이었다.

"세상에!"

벼락같은 고함이 주찬의 귀에도 들렸다. 뒤로 돌아선 주찬이 얼른 물었다.

"어떻습니까?"

"노, 농도가……."

"농도가 어떻게 되고 있습니까?"

"제로로 가고 있습니다. 이 정도면 인체 영향 전혀 없습니다."

"계속 가십시다."

주찬은 흔들림 없이 대답했다. 그렇게 뿌리고 농도를 측정하는 과정은 두 시간이 넘게 이어졌다.

마침내 주찬이 분무하던 연구원들에게 말했다.

"뒤돌아서 오십시오."

연구원 모두 처음과는 다른 가벼운 발걸음으로 모두 돌아오는 모습이 보였다.

주찬은 그들에게 말했다.

"정말 수고하셨습니다."

"어떻게 이런 걸 개발하신 겁니까?"

다들 이제는 존경에 찬 눈빛으로 주찬을 바라보기 시작했다. 주찬은 그들의 눈빛에 보답하기 위해서 한 마디만을 건넸다.

"열심히요."

"……."

다들 말문을 잃어 바라보는 순간 주찬이 몸을 돌렸다.

"고생하셨습니다."

"아니, 좀 이야기를 나누셨으면?"

"그쪽 분이라면 피땀 흘려 개발한 걸 순순히 털어놓겠습니까?"

"이거 정말."

"압니다. 그런데 이거 개발하느라 개고생했습니다. 그럼."

주찬은 그 말을 마지막으로 타고 온 차로 걸어 들어갔다.

성공적으로 실험이 끝났으니 이제는 다시 독일로 돌아갈 시간이었다.

"후후."

자신만만한 미소가 입가에 절로 그려졌다.

그러나 주찬은 공항에 도착하자마자 불청객으로부터 뜨거운 환영을 받아야만 했다.

오십대로 보인 러시아인이 주찬에게 인사하며 다가섰다.

"안녕하십니까? 러시아 과학부 국장 바그로브이 국장입니다."

"이주찬입니다."

"잠시 이야기 좀 나누시겠습니까?"

공항에서 만난 바그로브이 국장은 주찬을 극도로 정중한 태도로 일관하며 귀빈실로 이끌었다.

더 놀라운 건 넓은 귀빈실에는 다른 사람 한 명도 없이 오로지 두 사람만이 자리했다.

주찬은 비밀을 지키기 위한 러시아 측의 배려인 것을 한눈에 알 수 있었다.

바그로브이 국장은 속이 타는 심정으로 주찬에게 물었다.

"놀라운 걸 개발하셨더군요."

"운이 좋았습니다."

"우리 러시아에게 이것을 제공할 용의는 있으신지요?"

체르노빌.

러시아 핵사고 중에 가장 큰 골칫거리였다.

그 문제를 풀 실마리를 찾았는데 그냥 보낼 바그로브이 국장이 절대 아니었다.

주찬은 그 심정을 잘 알기에 조심스레 접근했다.

"죄송합니다. 아직 실험 초기 단계라 대량생산은 불가능합니다. 이거 만드는 데도 힘들었거든요."

"언제쯤 대량생산이 가능할까요?"

간절한 바그로브이 국장의 목소리에 주찬이 잠시 뜸을 들이다 대답했다.

"조만간일 겁니다."

"그때 꼭 체르노빌 등 여러 지역을 해주실 겁니까?"

"아마도요."

"확답을 받아오라는 최고위층에 지시가 있었습니다."

"별다른 일이 없으면 가능할 겁니다."

주찬의 말에 바그로브이 국장이 물었다.

"별다른 일이라시면?"

"억지만 부리지 않으시면 됩니다."

"그럴 일이 있겠습니까? 그리고 가능하다면 러시아에서 연구하시면 어떻겠습니까?"

"죄송합니다만 독일에 이미 기반시설을 갖춰놓고 있어서."

"아쉽군요. 그래도 한번 생각해 보십시오."

"고려는 해보겠습니다만 어려울 것 같습니다. 그리고 제가 이렇게 시간을 지체해서는 안 됩니다."

주찬이 말하자 바그로브이 국장이 움츠리며 물었다.

"혹시 연구를 위해서 시간이 필요하신가요?"

"한시라도 바삐 가야죠."

"알겠습니다. 제가 귀한 시간을 뺏었군요. 다음에 오시면 꼭 찾아주십시오."

"그렇게 하겠습니다."

주찬은 고개 숙여 인사하고는 얼른 귀빈실을 떠나갔다.

"괜찮네."

러시아의 실력자가 저리 굽히는 모습을 보니 괜히 어깨가 으쓱해지는 느낌이었다.

그러나 주찬은 그 정도 감정에 흔들릴 정도는 아니었다.

Chapter 08
협상의 묘미

1월 0일

독일로 돌아온 주찬은 연구소에 틀어박혀 계산하기에 여념이 없었다.

"앞으로 만들 수 있는 총 양이 50만 갤런 정도라."

그 이상은 무리였다.

50만 갤런을 만든 다음부터는 더 이상 클린 월드를 만든다는 것은 어려울 듯싶었다. 힉스입자의 한계이기도 했다.

그 한도 내에서 사용량을 계산해야만 했다.

러시아에서 경험을 바탕으로 부지런히 계산기를 두드리던 주찬이 마침내 의자에서 벌떡 일어섰다.

"후쿠시마 같은 게 일곱 번이네."

최악의 방사능 사건이라고 불리는 후쿠시마. 그것을 7번 정도 정화시킬 수 있는 양이었다. 체르노빌 같은 경우를 따진다면 14번 정도는 가능했다.

"이 정도라면 당분간은 문제없겠지."

모든 계산을 마친 주찬이 싱긋 웃으며 휴대폰을 들었다.

이제 세상에 알릴 시간이 왔음을 깨달은 탓이다. 기왕 할 바엔 신세를 졌던 한 명의 기자를 먼저 떠올렸다.

노찬영 기자였다.

신호가 가고 이내 들린 상대의 목소리가 힘차게 들렸다.

ㅡ주찬 씨?

"반갑습니다. 노찬영 기자님."

ㅡ아니, 어쩐 일로?

"하나 여쭤 보려고요."

주찬이 능글거리며 말하자 노찬영 기자가 목소리가 잦아졌다.

ㅡ어떤 일입니까?

"세계적인 기자가 되고 싶지 않으십니까?"

ㅡ그걸 말이라고 하십니까? 모든 기자의 꿈이지요.

노찬영 기자가 솔직하게 말하자 주찬이 살짝 권했다.

"지금 독일로 오십시오."

ㅡ독일이요?

깜짝 놀란 노찬영 기자 목소리에 주찬이 장난스레 입을 열었다.

"세계적인 기자가 되고 싶다면서요?"

―당장 가겠습니다. 독일 어디입니까?

"프랑크푸르트 쪽으로 오시면 됩니다."

―기다리십시오.

노찬영 기자의 전화가 뚝 끊어졌다.

"성질 급하시긴."

주찬이 싱긋 웃었다. 주찬의 계획은 간단했다.

수십, 수백 명의 기자를 불러 놓고 회견하는 것은 영 마음
에 들지 않았다.

수많은 기자의 질문에 대답하는 것도 귀찮고 번거로운 것
도 싫었다.

그럴 바에야 노찬영 기자에게 슬쩍 정보를 흘려주고 넘어
갈 생각이었다.

어차피 언론은 한곳이 터뜨리면 금방 전염되는 속성을 지
닌 걸 알기 때문이었다.

주찬은 가급적 편하게 넘어갈 요량이었다.

"가뿐하잖아."

이제 모든 준비는 끝났다.

주찬은 마지막으로 세계적인 권위를 지닌 사이언스지에
보낼 논문을 차곡차곡 작성하기 시작했다.

만 24시간이 지날 무렵 휴대폰이 울었다.

띠리릭.

"노찬영 기자님."

─지금 공항에 도착했습니다. 어디로 가면 됩니까?

"여기가……."

주찬이 친절하게 위치를 설명하자 또 한 번 전화가 끊어졌다.

"그렇게 좋은가?"

주찬은 멍하니 휴대폰을 바라볼 뿐이었다. 불과 한 시간도 지나지 않아 정원으로 들어서는 한 대의 차가 보였다.

끽.

현관 앞에 서자마자 택시비를 계산한 노찬영 기자가 허겁지겁 내리는 모습이 보였다.

얼마나 급하게 달려왔는지 머리는 헝클어져 있었고 얼굴은 피로로 잔뜩 물들었다. 그가 주찬을 보고 반색하며 다가섰다.

"주찬 씨!"

"반갑습니다."

주찬이 손을 내밀자 노찬영 기자가 덥석 잡았다.

"도대체 무슨 일이기에 이 먼 곳까지 불렀습니까?"

"좋은 일입니다."

"좋지 않으면 저 회사 잘립니다."

"그럴 일은 전혀 없을 겁니다. 들어가시죠."

주찬이 안으로 안내했다.

잠시 후.

"그, 그게 사실입니까?"

경악한 노찬영 기자의 목소리가 거실 안에 쩌렁쩌렁 울렸다.

"이미 러시아 체르노빌에서 실험을 끝냈습니다. 완벽합니다."

"세상에."

노찬영 기자도 다른 사람과 별 다르지 않았다. 노찬영 기자의 놀라움을 뒤로하고 주찬은 차분히 설명했다.

"그러나 양은 한정되어 있습니다."

"계속 개발은 곤란합니까?"

"더 이상은 무리입니다."

"어떤 비밀이 숨어 있겠군요."

노찬영 기자가 야릇한 시선을 던졌지만 주찬은 흔들리지 않았다.

"불가능하다고만 아시면 됩니다. 저도 여기까지 하는데 상당히 힘들었습니다."

"그렇군요. 그런데 한 가지만 묻겠습니다."

"무슨 말씀이신지?"

"개발했으면 큰돈을 버시겠네요."

"아마도 그렇겠죠?"

주찬의 말에 노찬영 기자는 직감할 수 있었다. 주찬은 결코 공짜로 기술을 나눠줄 생각이 없다는 사실이었다.

그 마음을 이해한 노찬영 기자가 싱긋 웃었다.

"하긴, 저라도 안 하겠습니다."

"저도 노 기자님과 똑같은 심정이거든요?"

"알겠습니다. 그런데 한국도 방사능 문제가 있는데 그건 어떻게 하시겠습니까?"

노찬영 기자가 민감한 상황을 이야기했지만 이미 주찬의 계산에 들어 있던 대목이었다. 당연히 서슴없이 답변이 나갔다.

"조만간 한국 정부와 상의할 예정입니다."

"이 사실은 제가 세계에서 처음으로 아는 기자가 되는 겁니까?"

"그렇습니다."

"그럼 더 자세히 묻겠습니다."

잔뜩 흥분한 노찬영 기자의 질문이 이어지고 주찬은 서슴 없이 답했다.

그렇게 한 시간여가 지나자 노찬영 기자가 만족스런 얼굴로 자리에서 벌떡 일어났다.

"정말 감사드립니다."

고개 숙이는 노찬영 기자를 보며 주찬이 마주 일어섰다.

"별거 아닌데요?"

"이런 기회를 주셨는데 어떻게 고맙다고 말하지 않을 수가 있습니까? 정말 제가 주찬 씨를 만난 게 행운이군요."

"저도 행운입니다."

주찬이 대답하자 노찬영 기자가 고개를 갸웃거렸다.

"행운이라니요?"

"수많은 기자 등살에 시달리지 않아서 얼마나 편한지 모르겠습니다."

"그건 모르는 일이죠. 자, 알겠습니다. 일단 기사 송고 때문에 빨리 가봐야 될 것 같습니다. 다음에 서울에서 뵙죠."

"그러죠."

두 사람은 힘차게 악수를 나누 헤어졌다.

혼자 남은 주찬은 싱긋 웃었다.

"이걸로 간단하게 해결됐지?"

그러나 주찬의 생각은 오산이었다.

다음 날, 노찬영 기자가 특종을 터뜨리자 전 세계가 발칵 뒤집혔다.

방사능 오염 제거제 개발!

클린 월드라 이름 지어진 하나의 물질 때문이었다.

방사능 공포로부터의 해방!

큰 제목처럼 자극적이고 경악스러운 기사였다. 언론사의 전파 속도는 정말 가공스러울 정도였다.

오전에 나온 노찬영 기자의 기사가 오후에는 거의 전 세계 모든 신문, 방송을 통해 요란스럽게 떠들고 있었다.

멋모르고 주찬이 TV를 켰다가 깜짝 놀라 얼른 껐다. TV에서는 온통 자기가 개발한 클린 월드에 대한 이야기로 들썩거리고 있었다.

매번 들리는 이주찬이란 이름에 낯이 뜨거워질 정도였다.

"큰일을 하기는 했지."

주찬이 스스로 싱긋 웃고 말았다. 그러나 일은 거기서 끝나는 것이 아니었다.

프리트호프 회장의 전화가 걸려온 탓이었다.

─이제 어떻게 할 건가?

"뭘 말씀이십니까?"

─지금 기자들이 난리네. 우리 지멘스 그룹과 연관됐다는 걸 눈치채고 들들 볶는데 아주 미치겠어.

"……."

주찬이 아무 대답을 하지 않자 프리트호프 회장의 목소리가 다시 들렸다.

―이대로 넘어가긴 곤란하네. 언론과 적이 되면 곤란하지 않겠어? 그리고 숨을 이유도 없지 않은가."

"그런가요?"

―기자회견 하는 게 어떨까? 한 번 하면 끝날 거네.

"과연 한 번이면 끝날까요?"

―그렇지. 두 번 하는 거는 알아서 피해. 한 번 했으면 끝나는 거지.

프리트호프 회장의 말에 주찬의 마음이 흔들렸다.

"알겠습니다. 그럼 기자회견장을 마련해 주십시오. 그쪽으로 가겠습니다."

―알겠네. 12시간 내로 연락주겠네.

정확한 시간까지 지정하는 프리트호프 회장의 목소리에 주찬은 고개를 절레절레 흔들었다.

"시끄럽네."

주찬은 천천히 준비를 서둘렀다. 기자회견을 하려면 여러 가지 자료를 담은 서류를 준비해야만 했다.

한참을 서류를 들여다보던 주찬이 이것저것 정리한 후 깊이 몸을 뉘였다. 왠지 피곤한 기분에 스르륵 잠이 든 주찬이었다.

띠리링.

그러나 주찬의 잠은 오래가지 않았다. 울린 전화벨 소리에 무의식적으로 전화를 받아 든 주찬이 입을 열었다.

"여보세요?"

—두 시간 후에 지멘스 본사 기자회견실이네. 이 기회에 우리 지멘스 그룹도 홍보해야지.

"편한 대로 하십시오. 그쪽으로 가겠습니다."

프리트호프 회장의 연락에 주찬이 천천히 자리에서 일어섰다.

이제부터 또 한 번의 전쟁이 시작될 시간이었다.

주찬이 기자회견장에 들어서 기자들이 떠들썩했다. 주찬은 연단 위에 서서 조용히 첫 마디를 꺼냈다.

"이 자리에 오셔서 감사합니다. 브리핑 자료를 나눠준 대로 보시면 모든 개발과정이 나와 있습니다."

그러자 앞에 있던 한 독일 기자가 질문했다.

"효과에 대해서는 러시아 측으로부터 이미 확인했습니다. 그런데 한 가지 여쭙고 싶은 말이 있습니다."

"말씀하십시오."

"클린 월드는 무한정 생산할 수 있습니까?"

"그건 아닙니다. 생산한도가 이미 정해져 있습니다."

주찬의 말에 독일 기자가 다시 물었다.

"어느 정도일까요?"

"아마 후쿠시마 같은 사건이면 일곱 번 정도는 커버할 수 있는 물량입니다."

주찬이 대답하자 독일 기자가 집요하게 나왔다.

"연구 재료를 구하기가 힘들단 이야긴가요?"

"그렇습니다."

"구체적으로 말씀하실 수 있겠습니까?"

"그쪽 분이라면 말씀하시겠습니까?"

주찬이 농담을 던지자 다른 기자들이 웃었다.

"하하하하!"

틀린 말도 아니었다.

자신이 노력해서 얻은 결과를 쉽게 풀어줄 사람은 세상에 아무도 없었다.

그때 뒤에 있던 한 기자가 손을 들었다.

주찬은 동양 기자를 보고 한마디 했다.

"어디서 오신 분이죠?"

"한국에서 왔습니다. 한 가지 질문이 있습니다."

"말씀하시죠."

"혹시 기술을 공개해 전 세계 사람들에게 혜택을 나눠 줄 생각은 없습니까?"

폭탄질문이었으나 주찬은 흔들리지 않았다.

"그러고 싶은 마음은 굴뚝입니다만. 제 꿈이 있습니다."

"꿈을 들어도 되겠습니까?"

"가능하다면 세계 최고의 연구 과학기술 단지를 만들고 싶

습니다. 그러기 위해서는 돈이 필요합니다. 답변이 됐습니까?'

주찬은 얼굴 표정 하나 변하지 않았다.

한낱 감정에 휩쓸려 거액을 포기할 생각도 없었다.

또한 무한정 만들어낼 수 있는 물건이 아니기에 이번에 한 번 단단히 한몫을 잡아야 된다는 생각이 들었다. 그렇지 않다면 자신의 계획에 차질이 있었다.

그 뒤로도 여러 가지 질문이 쏟아졌지만 주찬은 남김없이 대답하곤 고개를 숙였다.

"참석해 주셔서 감사합니다."

그때 다른 한국 기자 한 명이 손을 들었다.

"이주찬 씨. 한국에서는 영웅으로 불리고 있는 거 아십니까?'

"글쎄요."

"이주찬 열사라 불리고 있습니다. 그토록 숙원이었던 독도를 찾게 해주신 이주찬 씨에게 한국인들이 모두 경의를 표하고 있습니다. 그 점에 대해서는 어떻게 생각하십니까?'

"저도 한국인입니다. 답변입니다."

주찬이 고개를 꾸벅 숙이고 밖으로 나갔다.

짝짝짝.

뒤에서 박수 소리가 들렸지만 주찬은 싱긋 웃으며 말했다.

"한국인이 맞지."

별장에 돌아온 주찬은 거실 소파에 몸을 깊게 기댔다.

이 와중에도 주찬은 냉정했다.

주찬은 기자회견장에서 밝혔듯이 먼저 한국 정부와 협상을 마쳐야만 했다. 앞으로의 미래를 위해서라도 꼭 필요한 절차였다.

주찬은 그러나 스스로 연락하는 오류를 범하지는 않았다. 마음을 결정한 주찬이 프리트호프 회장에게 연락했다.

"하나 더 말씀드리겠습니다. 한국 정부 고위 관리와 만나게 좀 해주십시오."

─직접 하면 되지 않나?'

"제가 한국인이라 서요."

─음. 그렇다면 나서주지.

프리트호프 회장 입장에서 그다지 어려운 일도 아니었다. 거대 그룹의 회장이 움직인다면 한국 정부로서도 따를 수밖에 없었다.

프리트호프 회장과 통화한 지 불과 여섯 시간이 흘렀을 때였다. 프리트호프 회장이 담담한 어조로 연락해 왔다.

─지금 한국 정부 최고의 실력자 한 명이 독일로 오고 있다네. 이진수 안보수석이라 하던데.

"빠르네요."

─그들 입장에서도 사안이 크지.

"하긴 그러겠습니다. 기다리는 일만 남았군요."

주찬이 웃었다.

프리트호프 회장은 그런 주찬에게 넌지시 말했다.

―도대체 무슨 이야기를 하려고 그러나?

"개인적으로 생각한 게 있습니다."

―한국도 방사능으로부터 안전지역은 아닌데 그걸 이용하려고 그러나?

"그건 아닙니다."

딱 잘라 말하는 주찬의 말에 프리트호프 회장이 물었다.

―러시아 등도 움직이고 있어. 그쪽도 다급하네.

"알고 있습니다만, 그러나 제가 먼저 생각한 곳이 있습니다."

―일본인가?

핵심을 찌르고 나오는 프리트호프 회장의 말에 주찬은 거짓말을 하지 않았다.

"맞습니다."

―하긴 후쿠시마가 제일 난리지. 다른 쪽에서도 서서히 이야기가 나오네.

"러시아하고 미국입니까?"

주찬의 짐작에 프리트호프 회장이 선뜻 답했다.

―물론이지. 그 두 나라가 피해를 보고 있지 않나.

"걱정하지 마십시오. 그 두 나라에 줄 물량은 충분히 있습니다."

─하긴 나도 보고를 들어서 알고 있네. 하지만 세계를 가른 두 강대국의 비위를 건드릴 필요는 없잖은가?

"일본이 우선입니다."

주찬이 고집을 부리자 프리트호프 회장이 의아한 목소리로 물었다.

"왜 그렇게 일본에 집착하나?"

"금방 아시게 될 겁니다."

주찬은 더 이상 말을 꺼내지 않았다. 지금 얘기한다고 해서 좋은 일은 하나도 없었다.

다음 날 오후.

주찬이 있는 별장에 고급 승용차 여러 대가 들어왔다. 주찬은 현관에서 차에서 내리는 사람을 바라보았다.

이진수 안보수석과 수행원.

한국에서도 알아주는 대통령 최측근이었다. 그들 얼굴은 평소와 달리 잔뜩 굳어 있어 얼마나 긴장하는지 한눈에 알아봤다.

주찬은 서둘러 현관으로 다가가 손을 내밀었다.

"반갑습니다."

"이주찬 씨 반갑습니다."

두 사람은 환한 미소를 띠웠다. 아무래도 같은 한국인이라는 것이 큰 위안인 모양이었다.

하지만 주찬의 머리는 이미 냉철하게 돌아가고 있었다.

"들어가시죠. 드릴 말씀이 있습니다."

"이번에 큰 성과를 이루셨다는데 축하드립니다."

"감사합니다."

주찬은 건성으로 인사한 후 두 사람을 거실로 안내했다.

소파에 앉자마자 이진수 안보수석이 공치사부터 늘어놨
다.

"정말 대단한 일을 하셨습니다. 어떻게 그런 놀라운 일을
하셨는지요."

"운이 좋았습니다."

"운이라니요. 지금 전 세계 과학계가 발칵 뒤집힌 걸로 알
고 있습니다."

"자꾸 칭찬하시니 몸 둘 바를 모르겠습니다."

주찬이 겸손을 떨자 이진수 안보수석이 더욱 입에 침을 튀
겼다.

"그런 분이 같은 한국인이라는 게 너무 자랑스럽습니다."

이진수 안보수석의 칭찬을 듣던 주찬은 이쯤에서 말을 돌
릴 필요를 느꼈다.

"먼 길 오시느라 고생하셨습니다."

"아닙니다. 도대체 무슨 이야기를 하실지 궁금할 뿐입니다."

빙긋 미소를 짓던 이진수 안보수석의 얼굴에 노련한 인생 경험과 순발력 있는 정치 감각이 묻어나왔다.

그러나 주찬은 그런 그의 술수에 넘어갈 생각이 조금도 없었다.

"단도직입적으로 말씀드리지요. 일본 정부에 말해 독도가 한국 땅이라는 것을 확실히 못 박아두겠습니다."

"헉!"

놀란 이진수 안보수석과 옆에 앉아 있던 수행원도 얼굴이 하얗게 질린 표정이었다.

독도 문제.

일본과 한국이 치열하게 대립했던 문제였다. 수십 년 동안 영유권을 주장하며 양국 간에 한 치의 양보도 없었다.

그런데 주찬의 입에서 폭탄발언이 터져 나오자 깜짝 놀랐다.

잠시 침묵하던 이진수 안보수석이 겨우 입을 열었다.

"지금 농담하시는 거죠?"

"진담입니다."

"그게 가능하겠습니까? 일본이 워낙 완강한데."

"방법이 있습니다. 후쿠시마죠."

핵심을 찍어 말하는 주찬의 말에 이진수 안보수석과 수행원 두 사람 얼굴이 삽시간에 굳어졌다.

그들은 짧은 시간 머리를 돌렸지만 주찬의 말이 전혀 근거 없지 않다는 것을 알았다.

후쿠시마 원자력 사건.

일본으로서는 치명적인 사건이었다. 그 사건을 무마하기 위해서 무슨 짓이라도 할 수 있는 일본 정치권이었다.

그 생각이 들자 이진수 안보수석이 다시 한 번 치사를 늘어놨다.

"정말 한국인이십니다. 그 애국심에 대통령은 물론 모든 한국인이 존경할 것입니다."

"단 제게도 조건이 있습니다."

주찬의 입에서 한마디가 떨어지자 이진수 안보수석의 얼굴이 살짝 굳었다.

"조건이라니요?"

"독도 문제를 해결하는 건 한국 정부에서도 숙원사업으로 알고 있습니다. 아닙니까?"

"맞습니다."

솔직하게 늘어놓는 이진수 안보수석이었다.

그가 봐도 주찬은 과학자다운 고지식함이 있었다. 공연히 머리 굴려봐야 피곤하다는 생각에 일단 얘기를 들어볼 생각인 모양이었다.

주찬은 그의 마음을 읽고 천천히 말했다.

"한국에 제가 연구할 수 있는 시설을 만들 생각입니다."

"시설이요?"

"네, 솔직히 말씀드리면 시설 만들 돈이 없어서가 아닙니다. 한국 정부에서도 과학 시설을 만들 수 있다는 의지를 보여 달라는 이야깁니다."

"과학 시설이라."

잠시 망설이는 이진수 안보수석을 보고 주찬이 한마디 했다.

"일본뿐만 아니라 전 세계적으로 방사능 유출 사고는 많습니다. 거기에 투입되는 돈이 얼만지 아십니까?"

"글쎄요."

정확한 전문지식이 없는 이진수 안보수석이 식은땀을 흘리자 주찬이 천천히 말했다.

"체르노빌 사건에 러시아가 부담할 돈이 263조입니다. 아직도 그리고 해결되지 않았죠. 현재 진행형이죠. 그렇다면 후쿠시마는 얼마겠습니까? 천문학적인 숫자일 겁니다."

"아마 그렇겠죠?"

"거기에 클린 월드를 쓴다면 얼마를 받을 수 있겠습니까?"

"……."

순간 말문이 막히는 이진수 안보수석의 얼굴이 여러 번 변했다.

주찬의 말은 사실이었다. 주찬이 얼마를 요구하든 일본이나 또한 다른 방사능 유출 사고가 있는 나라도 지불해야만 했다.

장기적으로 봤을 때 결코 방치할 수 없는 일이기도 했다.

여태까지는 방법이 없어 내버려 뒀을 뿐이지 있다면 가만히 있을 리가 없다.

주찬은 이진수 안보수석의 생각에 아예 기름을 부었다.

"러시아와 미국에서도 이미 사람들을 보내고 있습니다."

"아, 그렇겠죠."

"제가 왜 한국에 과학 기술 연구소를 필요로 하는지 아십니까?"

"그건……."

이진수 안보수석이 고개를 살짝 흔들자 주찬이 말했다.

"연구소야 다른 나라에도 세울 수 있습니다. 더 좋은 조건일 수도 있겠죠. 하지만 적어도 한국인들에게 욕을 먹고 싶지 않습니다."

"그렇다면 해드려야죠."

이진수 안보수석이 팔을 걷어붙이고 나서자 주찬의 입가에 미소가 감돌았다.

"해주는 게 문제가 아닙니다. 연구소를 세웠으면 철저하게 국가에서 도와주고 밀어줘야 합니다. 모든 행정절차, 그리고 정치적 압력을 거부합니다. 그 모든 것을 조항에 적어주셔야겠습니다."

"그게 조건의 전부입니까?"

이진수 안보수석 질문에 주찬이 하나를 추가했다.

"제가 꿈꾸는 게 있습니다. 한국에서 세계 최고의 연구소를 만드는 게 꿈이었습니다."

"좋은 생각이십니다."

"그런데 한 가지 난제가 있더군요."

"무엇인지요?"

이진수 안보수석이 묻자 주찬이 허심탄회하게 이야기했다.

"이제 저에게는 막대한 돈이 들어올 겁니다. 그런데 그걸 세금으로 내는 것을 원치 않습니다."

"아니, 세금은 국가에서 당연히 징수해야 될 텐데요?"

이진수 안보수석이 고개를 갸웃거리자 주찬이 한마디 했다.

"국적을 바꿀 수도 있습니다."

"……."

순간 침묵하는 이진수 안보수석에게 주찬이 말했다.

"그렇다고 제 돈을 제가 다 혼자 꿀꺽하겠다는 이야기가 아닙니다. 세금 내는 돈 이상으로 투자해 연구소를 세울 겁니다."

"음."

처음으로 주찬의 얼굴이 무겁게 굳어졌다.

"처음이자 마지막인 전부입니다. 이걸 들어줄 수 있다면 독도는 분명히 한국 땅이 될 것입니다."

주찬의 말에 이진수 안보수석이 조금 목 멘 듯한 목소리로 말했다.

"주찬 씨도 한국인인데 꼭 그렇게 조건을 내세워야겠습니까?"

"당연하죠. 세상에 공짜는 없습니다."

"애국심으로."

"애국심이니까 하는 겁니다. 아니면 다른 나라에 세웠을 겁니다. 앞으로 정확히 24시간 드리겠습니다. 24시간 내에 답이 없으면 없던 일로 하죠. 그럼 이만."

주찬은 냉정하게 일어서서 자리를 떴다.

"아니, 잠깐만요."

"24시간이 아까우지 않으세요?"

주찬이 마지막으로 빙긋 웃으며 2층으로 올라가 버렸다.

조금 예의에 벗어난 행동이었지만 이런 강수를 두지 않는다면 미적거리다 시간만 보낼 뿐이었다.

이진수 안보수석이 주찬한테 연락하는 데는 불과 12시간밖에 지나지 않았다.

이진수 안보수석은 잔뜩 굳은 얼굴로 주찬에게 말했다.

"본국 정부의 승낙이 있었습니다. 다만 한 가지 조건을 내세우겠습니다."

"말씀하시지요."

주찬이 태연한 얼굴로 묻자 이진수 안보수석이 눈치를 보며 말했다.

"한국도 방사능 안전 국가가 아닙니다. 클린 월드가 필요한데 한국에서도 돈을 받으실 겁니까?"

"제가 말씀드린 조건으로 무료로 해드리는 걸로 하겠습니다. 앞으로 클린 월드가 있는 한 한국에 방사능 오염 문제는 공짜로 처리해 드리겠습니다."

"믿어도 되겠습니까?"

이진수 안보수석 질문에 주찬이 확답했다.

"한국 내에 10만 갤런의 클린 월드를 보낼 겁니다. 더 필요하십니까?"

"됐습니다. 대통령께서도 그것을 원하십니다. 사실 자원이 한정적인 한국에선 원자력 발전이 제일 중요한 데 오염 때문에 문제가 많았죠."

"그거라면 걱정하지 마십시오. 이미 한국이 쓸 충분한 물량까지 계산해 산정한 겁니다."

"그럼 이야기는 끝입니다. 이주찬 씨 감사드립니다."

"별말씀을요."

주찬이 손을 마저 내밀자 이진수 안보수석이 마지막으로 당부하듯 물었다.

"그런데 과연 일본이 독도를 내놓을까요?"

"안 내놓으면 일본 전체가 방사능 천지가 되던가요."

"하하, 그렇군요. 이번에야말로 일본이 빼도 박도 못하겠군요."

"그렇게 될 겁니다. 그리고 일본과의 협상을 위한 실무 요원들을 보내주십시오."

"그렇게 빨리 될까요?"

"일본 쪽에서는 이미 움직이고 있습니다. 조만간에 결론이 날 겁니다."

"알겠습니다. 바로 조치하도록 하죠. 그럼 한국에서 다시 뵙겠습니다."

주찬은 미소를 띠우며 이진수 안보수석을 바라봤다.

두 사람이 떠나간 후 주찬은 싱긋 웃으며 다음 계획을 서둘렀다. 이젠 일본과의 벼랑 끝에 협상만이 남아 있을 뿐이다.

"누가 이기는지는 결론이 나 있지?"

주찬의 미소가 한없이 커져가는 순간이다.

이틀 후.

"지금쯤이면 연락이 올 때가 됐는데?"

주찬이 팔짱을 끼고 생각에 잠겼다.

일본 정부가 바보가 아니라면 자신에게 연락할 것은 분명했다. 다만 그 시기가 언제냐 하는 문제였다.

멜트다운.

일본 전체를 폐허로 만들 확률이 큰 무서운 재해였다. 아무리 강심장을 가진 자들이라 해도 방법이 없었다.

후쿠시마 원전사고는 멜트다운이 카운트다운에 들어섰다.

막상 벌어지면 일본은 끝이었다.

한국인의 정서상 그냥 내버려 두고 싶은 마음이 굴뚝이었지만 그건 아니 될 말이었다.

만약 멜트다운이 일어난다면 제일 먼저 피해보는 건 가장 가까운 이웃 나라인 한국이 될 확률이 컸다.

속 좁은 생각으로 내버려 둔다면 그건 같이 공멸뿐이 없었다.

그래도 주찬은 먼저 서두르지 않았다.

이 정도 미끼를 던졌으면 냉큼 물어주는 게 예의였다.

"후후."

주찬이 차가운 미소를 날렸다.

어차피 이런 큰 거래는 인내하는 자가 이기게 마련이다. 주찬 입장에서는 그리 아쉬운 일도 없다.

결국 자신에게 고개 숙이고 올 것을 확신할 수 있었다.

그렇게 이틀이 흘렀다.

주찬은 여전히 변함없이 기다릴 뿐이었다. 오죽하면 답답해진 프리트호프 회장이 주찬에게 연락했다.

―어떻게 된 건가?

"연락이 오겠죠."

―진작 왔어야 될 것 같은데.

"기다리시면 됩니다."

주찬은 오히려 프리트호프 회장에게 위로를 보냈다. 그러자 프리트호프 회장이 어이없다는 듯이 주찬에게 말했다.

—아니, 일은 벌려놓고 잠수 타는 건가?

"어차피 동반자 아니겠습니까."

—이익도 하나도 없는 동반자인데. 하긴 목숨 살려준 게 있으니 그것만으로 충분하지.

프리트호프 회장은 사람 좋은 목소리를 내뱉었다.

Chapter 09
기선제압

1월 0일

드디어 주찬에게 일본 측 연락이 왔다.

"이주찬입니다."

─일본 총리실 비서실장 야마모토입니다.

"무슨 일로 연락하셨습니까?"

뻔히 알면서도 주찬은 시치미를 뗐다. 이런 일에 먼저 머리를 들이미는 것은 어리석기 그지없었다.

주찬의 예상대로 야마모토가 먼저 입을 열었다.

─방사능 제거에 탁월한 기술을 가지고 계시다고 들었습니다.

"맞습니다."

주찬이 자신만만하게 얘기하자 야마모토가 오히려 안도한 목소리로 물었다.

―아시다시피 우리 일본 정부에서는 후쿠시마 사건으로 상당히 골치를 앓고 있습니다.

"이야기는 들었습니다."

―좀 도움을 주실 수 있는지요.

"그건 전화로 얘기할 게 아니죠. 직접 오시죠."

―아! 제가 실례했군요.

야마모토는 일본인다운 겸손을 보였으나 주찬은 신경조차 쓰지 않았다.

거래를 위해서는 간과 쓸개를 빼놓는 일본인의 속성을 모르지 않았다.

―그럼 내일 들어가겠습니다.

"그렇게 하시죠. 다른 일이 있지만 시간을 비워놓겠습니다."

―꼭 비워주셔야 됩니다.

"시간을 한 시간 이상 어기면 다음 약속을 진행할 수밖에 없습니다."

주찬이 살짝 말을 돌리자 야마모토가 다급해졌다.

"무슨 약속이신지?"

―다른 나라에서도 의뢰가 들어와서요.

물론 의뢰가 들어오긴 했다.

하지만 지금 이 순간, 주찬의 목표는 일본 하나뿐이었다. 그러나 야마모토의 입장에서는 속이 터지는 일이기도 했다.

―알겠습니다. 꼭 시간 맞춰 가겠습니다.

"그럼 그때 뵙죠."

주찬이 매몰차게 전화를 끊고 싱글거렸다. 주찬의 생각은 한 가지로 통일됐다.

해줄 때 해주더라도 챙길 건 깡그리 챙기겠다는 심리였다.

"아주 팬티까지 싹싹 벗겨주지."

주찬이 야릇한 미소를 지었다.

다음 날 오후 네 시.

약속시간 되기 10분 전에 야마모토가 주찬을 찾아왔다.

"처음 뵙겠습니다."

깍듯이 90도로 고개를 숙이는 야마모토를 보고도 주찬은 아무런 심정의 변화를 보이지 않았다.

상투적인 인사말인 걸 뻔히 알고 있기 때문이었다.

"이주찬이라고 합니다. 자, 일단 앉으시죠."

주찬이 느긋한 자세를 계속 유지했다.

상대에게 약점을 보일 순 없다. 상대는 노련한 인물이었다. 괜히 거기에 말려들었다가는 자신의 뜻을 펼치지도 못할 것이다.

아니나 다를까 야마모토는 노련하게 나왔다.

"사실 이번 불행한 사태는 우리 일본뿐만 아니라 전 세계적인 불행입니다."

"그럴 수도 있겠죠."

"그래서 그러는데 일본 정부의 입장을 생각해서 선처를 베풀어주셨으면 합니다."

"선처란 무엇을 의미합니까?"

주찬이 묻자 야마모토가 살짝 식은땀을 흘리는 척 말을 더듬었다.

"사업비를 조금 신경 써 주신다면."

"아, 그 얘기셨군요. 제가 특별히 신경 썼습니다."

"아, 그러십니까."

반색하는 야마모토에게 주찬이 태연하게 늘어났다.

"500억 달러를 주셔야겠습니다."

"500억 달러요?"

깜짝 놀란 야마모토에게 주찬이 외려 이상한 듯이 말했다.

"만약 멜트다운이 일어난다면 일본의 피해는 500억 달러가 아닐 텐데요? 5천 억, 아니, 5조 달러가 될 수 있을 텐데요. 제 말이 틀렸습니까?"

"……."

아무런 대꾸도 못하는 야마모토에게 주찬이 다시 한 번 말했다.

"후쿠시마 원전 3호기는 우라늄 235보다 20만 배 이상 독성이 강한 플루토늄일 텐데요. 게다가 세슘 137 반감기가 30년인데 플루토늄은 24000입니다."

"……."

야마모토가 침묵하자 주찬이 친절하게 다음 설명을 이었다.

"세슘은 우리 몸의 혈액과 근육으로 이동해 DNA 구조를 변형시키죠. 게다가 요오드와 스트론튬은 각각 갑상선과 뼈에 모여 장애를 일으킵니다. 가장 치명적인 플루토늄은 폐를 집중적으로 손상시키는 건 알고 있죠?'

"음."

야마모토 입에서 깊은 탄식이 흘렀다. 그러나 주찬은 가차없이 현실적으로 쏘아붙였다.

"음식물을 통한 내부 피폭이 직접 방사능을 쐬는 외부 피폭보다 위험한 건 자명한 사실입니다. 외부 피폭이야 피난과 특수 등으로 상당수 막을 수 있죠. 그러나 내부 피폭은 방법이 없습니다. 반감기가 문제죠. 요오드는 반감기가 1주일 정도지만 플루토늄은 수백 년이 걸린다는 건 아시죠? 사실상 체외 배출은 불가능합니다. 사실상 멜트다운이 일어나면 암과 백혈병 등 질병과 방사능에 의한 유전적 결함으로 인한 돌연변이나 염색체 이상이 올 수 있습니다."

"그만하시죠."

야마모토 입에서 고통스런 말이 나왔으나 주찬은 지극히

냉정했다.

"싸게 하는 겁니다. 저도 이거 연구하는데 머리가 빠졌습니다."

"아무래도 500억 달러는 너무 천문학적인 금액이 아닐까요?"

"싫으시면 관두시던가요. 러시아 체르노빌 복구비가 현재까지 한국 돈으로 263조원이 넘습니다. 그래도 아직 진행형이죠. 머뭇거리시면 러시아 먼저 가야겠습니다."

주찬이 냉정하게 자리에서 일어나자 야마모토가 아찔한 기분이었다.

자신의 상상을 초월하는 금액에 조금 질리기도 했다. 하지만 그도 이미 일본을 떠나기 전 총리에게 다짐을 받아왔다.

"어떻게든 우리 일본이 제일 먼저 돼야 돼. 그 점을 명심하게."

그 생각을 떠올린 야마모토가 얼른 주찬을 붙잡았다.

"잠시만. 본국과 연락을 해야겠습니다."

"편하신 대로요."

주찬은 느긋한 마음으로 창밖으로 시선을 돌렸다. 야마모토는 다급한 표정으로 얼른 밖으로 나갔다.

'독안에 든 쥐지.'

주찬이 차갑게 냉소를 날렸다.

오늘 이 순간 절대적으로 주찬이 유리한 교섭이었다.

야마모토가 돌아오는 데는 10분도 채 지나지 않았다.

"본국에서 훈령을 받았습니다. 400억 달러 어떠십니까?"

"500억 달러. 지금 이건 흥정하는 게 아닙니다. 귀국의 명운이 달린 일 아닙니까?"

"음."

야마모토는 혈압이 치솟았지만 어쩔 수가 없었다. 기술을 가진 자는 오로지 주찬 혼자뿐이었다.

그렇다고 주찬을 납치할 수도 없는 이야기였다.

지금 여기는 독일 땅.

사방에는 프리트호프 회장이 심어놓은 경호원들이 깔려 있음을 모르지 않았다.

차를 타고 들어오면서도 수많은 검문검색을 거쳤던 야마모토였기에 이미 충분히 질린 기분이었다.

'일본이었다면.'

납치해서 무슨 수를 써서라도 비밀을 알아낼 것이 분명했다. 하지만 지금은 어쩔 수 없는 상황이었다.

"알겠습니다. 500억 달러 드리죠."

결국 야마모토가 항복했다. 그러나 주찬은 거기서 멈추지 않았다.

"한 가지 더요."

"한 가지 더라고 하시면?"

"독도가 어느 나라 땅입니까?"

"……."

순간 침묵하는 야마모토에게 주찬이 말했다.

"독도의 영유권이 한국에 있다는 걸 인정하시죠."

"그건 곤란합니다. 다케시마가."

독도 즉, 다케시마가 일본 정부에 어떤 영향을 끼치는지 잘 알고 있는 야마모토였기에 질색을 했다.

하지만 주찬은 흔들리지 않았다.

"싫으시면 이 거래는 없는 걸로 하죠."

"왜 한꺼번에 말씀하지 않으셨습니까?"

"아, 그쪽이 너무 급하게 나와서 미처 말을 못했습니다."

주찬이 넉살을 부리자 야마모토는 그야말로 죽을상으로 변했다.

"이건 쉽게 결정할 문제가 아닙니다."

"편하신 대로요. 단, 시간은 앞으로 24시간을 드리죠. 그 시간이 오버하면 전 다른 쪽으로 방향을 선회합니다."

그러자 야마모토가 드디어 협박에 나섰다.

"만약 멜트다운이 일어난다면 한국도 무사하지 못할 텐데요."

"별 걱정을 다하십니다. 그렇게 걱정되십니까?"

"이웃 나라니까 걱정이 됩니다."

"그거 일본 실수 아닙니까?"

주찬이 묻자 야마모토가 적반하장 격으로 나왔다.

"우리도 고의로 한 건 아닙니다."

"아, 그러시군요. 걱정하지 않으셔도 됩니다."

"그 말씀은."

"한국은 제가 철저히 보호할 생각입니다. 제 조국이니까요."

주찬의 말에 야마모토가 말문을 닫았다. 도저히 어떻게 해도 방법이 없다는 것을 알았다.

주찬의 말은 틀리지 않았다.

만약 일본이 멜트다운이 일어난다 하더라도 한국은 주찬이 가진 기술로 충분히 막아낼 수 있다는 것을 알았다.

결국 박살 나는 건 일본뿐이었다.

야마모토는 정말 아득함을 느꼈다.

여태까지 수많은 교섭을 벌였지만 지금같이 난감한 경우는 처음이었다. 그가 본 주찬은 흥정의 여지가 전혀 없었다.

주찬의 뜻을 받아들이거나 아니면 포기하라는 이야기였다.

야마모토가 힘없이 말했다.

"본국과 다시 상의해 보겠습니다."

"하루 드리죠."

냉정한 주찬 말에 야마모토가 힘없이 자리에서 일어섰다.

야마모토가 떠나고 나자 주찬이 옆방 문을 열었다.

옆방에는 주찬이 미리 불러온 오세범 외무부 동아시아국장이 모습을 드러냈다.

"국장님 잘 들으셨습니까?"

"너무 과하게 나가는 거 아닌가요?"

"아니요. 일본 입장에서는 도망갈 구멍이 없습니다. 어쩔 건데요?"

자신만만한 주찬의 태도에 오세범 국장도 고개를 끄덕일 수밖에 없었다.

자신이 만약에 야마모토의 입장이라도 도리가 없었다. 아니, 멀리 있는 일본 총리도 방법이 없을 것이다.

만약 멜트다운이 정식으로 일어난다면 일본은 순식간에 풍비박산이 날 것은 분명했다.

주찬의 요구가 그들의 생각에 아무리 과하다 해도 결국 받아드릴 수밖에 없었다. 이진수 안보수석이 주찬에게 정중히 인사했다.

"정부와 국민을 대신해서 주찬 씨에게 감사드립니다."

"그럴 필요 없습니다. 제가 하고 싶어서 한 거니까요."

"하하."

주찬의 말에 오세범 국장이 빙긋 웃었다.

"만약 내일 야마모토가 온다면 곧바로 연락드릴 테니까 이쪽으로 오십시오. 확답을 받아야 되는 거 아니겠습니까?"

"나중에 오리발 내밀까요?"

"했다고 해놓고 나중에 오리발 내미는 게 저들의 상용 수법 아닌가요?"

"그건 그렇죠."

그 점에서 주찬이 한마디 했다.

"확약을 받아야 됩니다."

"그건 그렇고 500억 달러는 어떻게 하실 건지요?"

오세범 국장이 눈빛을 빛내자 주찬이 말했다.

"그거 제 돈인데요?"

"그거야 그렇지만."

"제 돈은 제가 알아서 합니다. 신경 쓰지 않으셔도 됩니다."

"……."

오세범 국장이 침묵하자 주찬이 한마디 더 했다.

"그거까지 탐낸다면 없던 걸로 할 수도 있습니다."

"아닙니다. 제가 잘못 생각했군요."

오세범 국장은 얼른 꼬리를 내렸다. 비록 나이도 까마득히 어린 주찬이지만 자신이 상대할 수 있는 인물이 아니었다.

이미 주찬은 거물 중에 거물이 되어 있는 상태였다. 세계 모든 각국에서 주찬에게 다가서는 것을 모르지 않았다.

잘못 건드린다면 어떤 일이 벌어질지 몰랐다.

이미 외무부에서도 그것을 잘 아는 듯 주찬을 건드리지 말라는 훈령을 받은 후였다.

주찬이 그런 오세범 국장에게 말했다.

"연락드리겠습니다. 그럼."

주찬은 냉정하게 축객령을 내렸다.

"그럼 연락 주십시오."

오세범 국장이 어물쩍거리며 바로 사무실을 나섰다.

혼자 남은 주찬이 피식거렸다.

"하, 물에 빠진 사람 건져 주니까 외려 보따리 내놓으라 네."

주찬이 이미 프리트호프 회장을 잊고 다른 계산에 여념이 없었다.

"500억 달러라."

한국 돈으로 50조가 훨씬 넘는 거금이었다. 한국은 물론 전 세계적으로 그 정도 돈을 가진 사람은 거의 없었다.

"세계 최고 부자 반열에 들어서나?"

주찬이 중얼거렸다.

틀린 말도 아니었다. 하지만 더 놀라운 건 방사능은 일본만의 문제가 아니라는 점이었다.

전 세계적으로 방사능에 고민하지 않는 나라는 아무 데도 없었다.

결국 주찬이 가진 핵심기술을 간절히 원한다는 건 정확한 일이었다.

"전화도 참 많이 받았는데."

주찬이 싱글거렸다.

사실 일본 외에도 러시아 등 수많은 나라로부터 러브콜을 받았다. 하지만 주찬은 제일 먼저 일본을 택한 분명한 이유가 있었다.

"너희는 제대로 바가지 써야 돼."

주찬이 환하게 웃었다.

잠시 후 주찬은 지체없이 프리트호프 회장에게 연락했다.

"전에 말씀드린 거 다 준비해 주셔야겠습니다."

—벌써 말인가? 일본 정부의 허락이 있었나?

"할 수밖에 없을 겁니다."

—하긴.

프리트호프 회장도 일본 입장을 알기에 부정하긴 힘들었다. 주찬은 그 틈을 노려 할 말을 쏟아냈다.

"결정되면 며칠 내로 시작해야 합니다."

—그 준비 비용이 상당한데, 혹시나 일본 측 결정이 늦어지면 골치 아프네.

프리트호프 회장이 약간 난처한 어투로 말하자 주찬이 강하게 밀어붙였다.

"결국 백기 들고 올 겁니다. 그들 입장에서 다른 방법이 있을까요?"

—그나저나 자네 배짱도 보통이 아니군.

"제 돈이 아니라서 그렇습니다."

—아, 제 돈이 아니라. 하하! 그렇지. 내 돈이지.

프리트호프 회장의 웃음소리가 들리자 주찬이 한마디 했다.

"경비는 넉넉하게 드리겠습니다. 걱정하지 마십시오."

—아니, 안 줘도 상관없네. 목숨 구해준 것만으로 만족해.

"아니요. 분명히 드릴 겁니다."

주찬의 말에 프리트호프 회장이 조금 너그러운 말투로 변했다.

—계산은 정확하군. 알았네. 철저히 준비하지.

주찬이 그제야 마지막으로 확인했다.

"농약살포용 비행기 수백여 대. 그리고 클린 월드를 일본으로 운송할 수 있는 화물선이 절대적으로 필요합니다. 물론 조종사는 필수겠죠?"

—그건 이미 준비 중이니까 어렵지 않아.

프리트호프 회장의 대답이 떨어지자 주찬이 한마디 더 했다.

"명심하실 건 조종사들의 안전입니다. 아무리 하늘이라 하더라도 방사능의 오염에 우려가 있습니다. 그래서 항상 순차비행을 해야 됩니다. 2열 비행으로 움직여 아래에 있을 비행기들이 방사능 제거제를 흠뻑 얻어맞아야 합니다."

—그럼 2열은 어떻게 되나? 위에 있던 비행기 말이야.

"그건 대기하고 있던 다른 비행기들이 뿌려주면 됩니다."

―아, 그런 방법이 있군. 그나저나 얼마를 받기로 했나?

"조금 받았습니다."

―그거 궁금한데.

프리트호프 회장 말에 주찬이 싱글거리며 대답했다.

"조만간 아실 텐데요."

―거액이겠지?

"적진 않습니다."

―알았네. 준비시키도록 하지.

프리트호프 회장은 그쯤에서 호기심을 접은 모양이었다. 덕분에 통화는 거기서 끝났다.

주찬은 이제 느긋하게 기다리는 일만 남았다.

"오늘 밤은 참 유난히 길 것 같네."

아무리 주찬이라도 상상조차 하지 못한 거금이 들어오는데 그리 흥분되지 않을 리가 없었다.

"술이나 한 잔 먹고 잘까?"

주찬은 와인 한 병을 꺼내 가득 잔에 따랐다.

드디어 야마모토에게서 연락이 왔다.

―본국 정부의 훈령을 받았습니다. 지금 찾아뵈도 되겠습니까?

"기다리겠습니다."

가볍게 통화를 마친 주찬은 소파에 팔짱을 끼고 느긋하게 몸을 기댔다.

시간과 모든 조건은 자신의 편이었다. 하지만 말 한 번 잘 못하면 모든 일이 물거품이 될 수 있었다.

상대는 노련한 협상가였고 자신은 아직 이런 일은 처음이었다. 그러나 주찬은 자신할 수 있었다.

"내가 원했던 조항만 관철시키면 돼."

몇 번이고 자신에게 되뇌는 문제였다.

한 시간이 지나기 전에 바로 현관 쪽에서 인기척이 들렸다. 그리고는 곧바로 사람이 다가와 말했다.

"손님이 오셨습니다."

"이쪽으로 안내하세요."

주찬은 꿈쩍도 하지 않았다. 이런 협상은 기선을 제압하는 게 우선이었다.

예의?

그런 거는 관심도 없었다. 어차피 치열한 서로의 실익을 추구하는 이야기판이었다. 거기에서 쓸데없는 행동으로 상대 방에게 열을 줄 필요는 없었다.

불과 1분도 지나기 전에 야마모토와 수행원들의 모습이 보였다.

주찬은 그제야 천천히 소파에서 일어나 말했다.

"다시 만나서 반갑습니다."

"저도 그렇습니다. 대단히 반갑습니다."

형식적인 인사말이 끝나고 자리에 앉은 야마모토를 향해 주찬이 말했다.

"본국에서 뭐라고 하시는 지요?"

"상당히 어려운 문제입니다. 차라리 본국에서 말씀하시기를 500억 달러를 더 드리겠다고 합니다. 독도 문제는 없던 걸로 하시는 게 어떠실지요."

"이 협상은 없던 걸로 하겠습니다."

주찬의 한마디에 야마모토의 얼굴이 살짝 질렸다.

사실 그는 훈령 받은 것이 두 가지였다. 가급적 돈으로 넘기라는 이야기, 그리고 정 안 되면 독도를 양보하겠다는 이야기였다.

하지만 두 번째 안까지는 가지 말라는 총리의 간곡한 이야기가 있었다.

그것을 기억한 야마모토가 다시 한 번 주찬에게 말했다.

"좀 생각해 보심이 어떨는지요."

"정 그러시다면 일본은 없던 걸로 하겠습니다. 일단 가장 있는 잔해로 러시아와 미국 쪽으로 움직이겠습니다. 그래도 되겠죠?"

"아니, 주찬 씨."

"제 결정은 번복되지 않습니다. 마지막으로 묻죠. 일본의 결론은 뭡니까?"

다그치는 주찬의 말에 야마모토의 안색이 새하얗게 질려만 갔다. 도무지 자신의 집요한 협상력이 전혀 통하지 않는 상대였다.

자신의 말은 듣지도 않고 주장만 내세우는 주찬의 말에 미치고 환장할 지경이었다. 하지만 도리가 없었다.

자신이 협상의 귀재라고 생각했지만 주찬 앞에서는 아무런 소용이 없었다.

고민하는 사이 주찬이 소파에서 일어나 움직이려는 낌새를 보였다.

"자, 그럼 멀리 나가지 않습니다."

"들어드리겠습니다. 일본 정부는 이주찬 씨의 조건을 받아드립니다."

드디어 야마모토가 항복했다.

주찬은 그럴 줄 알았단 듯 야마모토에게 말했다.

"좋습니다. 바로 이 시간부로 일본 총리대신의 발표가 있어야겠지요? 그것을 확인한 후 움직이겠습니다."

"그렇게 하도록 조치하겠습니다."

야마모토가 잔뜩 기가 죽은 표정으로 말하자 주찬이 아예 쐐기를 박았다.

"한국 쪽에서도 협상 팀도 이미 와 있습니다."

"협상 팀이요?"

"모든 서류작업을 완벽하게 해야 될 거 아닙니까? 나중에

국제적인 문제가 발생하면 골치 아프잖아요?"

주찬의 말에 야마모토가 원망스러운 듯이 말했다.

"주찬 씨가 일본인이었으면 얼마나 좋겠습니까."

"죄송하지만 전 한국인입니다."

주찬은 내심 크게 웃었다.

'이것으로 됐다.'

자신이 원하는 모든 것을 얻은 기분이었다. 독도를 한국 땅으로 함으로써 같은 한국인으로부터 무한한 환영을 받을 것은 분명한 일이었다.

그렇다고 명예만 찾은 것은 아니었다. 500억이라는 거대한 돈, 실리를 찾았다.

이 모든 것을 차지한 주찬은 싱긋 웃었다.

'역시 기술이 최고야.'

아무리 뭐라 해도 세계가 놀랄 만한 기술을 가지고 있다는 것은 커다란 힘이나 마찬가지였다.

"자, 그럼."

주찬은 그제야 손을 내밀고 야마모토에게 악수를 청했다. 야마모토는 마지못한 투로 겨우 손을 내밀었다.

마주잡은 손에서는 힘이 하나도 느껴지지 않았지만 주찬은 힘있게 흔들었다.

"얘기가 끝나는 대로 곧바로 일본에 대한 방사능 오염 제거 작업이 시작될 겁니다."

"어떤 식으로 진행되는지요?"

"길게 걸리지 않습니다."

"감사드립니다."

그 점만은 마음에 들었던지 야마모토가 깊이 고개 숙였다. 일본인 특유의 인사성이 보였지만 주찬은 신경조차 쓰지 않았다.

그저 저 인사성에 녹아난 수많은 전철을 밟고 싶지 않았던 탓도 있었다.

주찬이 할 일은 끝났다.

나머진 오세범 국장과 야마모토, 그리고 한일 양국 정부가 알아서 할 일이었다.

뿌듯했다.

이것이 과학의 힘이었다.

"푸하하."

잠시 방으로 올라온 주찬이 미친 듯이 웃었다.

Chapter 10
통쾌함이란

잠시 후 주찬은 곧바로 프리트호프 회장에게 연락했다.

"일본이 하겠답니다."

―허허. 일본이 참으로 강적을 만났군.

"이제부터 이틀 동안 찾지 마십시오."

―무슨 일을 하려고 그러나?

프리트호프 회장의 호기심 어린 질문에 주찬이 슬쩍 넘어
갔다.

"앞으로 계획을 세워야 될 것 같습니다."

―하긴 개인이 벌리기에는 너무 큰일이지.

프리트호프 회장도 우려 섞인 목소리를 냈다.

주찬도 익히 알고 있는 사실이었다. 자신이 개발한 거지만 파급효과로 따지면 엄청난 일이 벌어질지도 몰랐다.

앞뒤 생각을 다 정리하기 위에서는 시간이 필요했다.

주찬은 곧바로 프리트호프 회장에게 연락했다.

"이야기 끝났습니다. 움직여 주시죠."

─후쿠시마로 말인가?

"네, 얼마나 걸리겠습니까?"

─올라온 보고에 따르면 3일은 걸릴 것 같은데, 4일째 되어야 시작될 것 같네.

"그 정도면 충분합니다. 알겠습니다. 그리고."

─그리고 뭔가?

프리트호프 회장이 묻자 주찬이 잠시 망설임 끝에 대답했다.

주찬은 다시 거실로 돌아와 앉아 있던 야마모토에게 다가섰다. 야마모토는 침통한 표정으로 머리를 싸매고 있었다.

그런 표정 따위에 흔들릴 주찬도 아니기에 천천히 입을 열었다.

"삼 일 후에 방사능 오염 제거 작업이 시작될 겁니다."

"얼마나 걸리겠습니까?"

"하루면 충분합니다."

"하루라. 정말 놀랍긴 하군요."

감탄한 야마모토 목소리였지만 어딘지 맥이 빠져 있었다.

"그렇게 일본 정부에 통보해 주십시오. 일단 오염 작업 재기에 모든 협조를 부탁드립니다."

"그건 걱정하지 마십시오. 그리고 500억 달러는 곧바로 입금시켜 드리겠습니다."

"그러시지요. 확인하는 대로 이쪽에서는 움직일 겁니다."

"잠시만 기다리시죠."

야마모토는 잠시 밖으로 나갔다. 그러나 그가 돌아오는 데는 채 5분도 걸리지 않았다.

"입금 확인해 보시겠습니까?"

"그럴까요?"

주찬은 태연한 듯 표정을 바꾸며 휴대폰을 들었다.

몇 번의 조작 끝에 들려오는 목소리에 주찬은 가슴이 철렁 내려앉았다.

"500억 달러가 입금됐습니다."

짤막한 멘트였지만 어마어마한 금액을 이야기하고 있었다.

500억 달러.

전이라면 꿈에도 상상하기 힘든 돈이었지만 주찬은 꿈쩍도 하지 않았다.

주찬이 돌아서려하자 야마모토가 약간 감정 실린 한마디를 꺼냈다.

"오염이 제대로 제거되지 않는다면 계약대로 반환하셔야 합니다."

"그런 걱정은 하지 마십시오. 분명히 말씀드리지만 후쿠시마 원자력 발전소에 사람들이 들어갈 수 있을 정도까지는 될 겁니다. 아, 서비스로 후쿠시마 앞바다도 가능한 제거해 드리지요."

"그게 가능하겠습니까?"

"두고 보시면 압니다."

주찬은 길게 이야기하고 싶지 않았다. 야마모토도 그런 주찬의 마음을 짐작했다.

"하긴 러시아 경우라면 간단하겠네요."

"어쩌면요. 자, 그럼."

주찬이 손을 내밀었다.

그만 가라는 축객령이었기에 야마모토도 떨떠름한 표정으로 손을 내밀었다.

"일본 정부와 국민을 대표해서 감사드립니다."

"감사는요. 정당한 대가를 받았는데요."

주찬은 싱긋 웃었다. 그 웃음마저 보기 싫었던 야마모토였지만 앞에서는 억지로 표정을 밝게 했다.

"일본서 뵙겠습니다."

야마모토 인사에 주찬이 살살 긁었다.

"한국에서 오신 오세범 국장님은 만나고 가시죠."

"그래야죠."

야마모토 얼굴이 티 나게 일그러졌다.

이틀이 지나자 모든 생각을 정리한 주찬이 프리트호프 회장에게 연락했다.

"일본으로 가겠습니다."

—일본? 아니, 안 가도 상관없네.

"첫 작품인데 제대로 봐야죠."

—체르노빌에서 보지 않았나?

프리트호프 회장 말에 주찬이 응답했다.

"그건 그저 실험에 불과했던 거 아닙니까?"

—그거야 그렇지. 그런데 가기 전에 나와 만나서 이야기 좀 해야겠네.

"그쪽으로 가겠습니다."

—차를 보내지.

전화를 끊고 난 주찬이 현관에 서 있었다. 차가 들어오는 데는 채 10분도 걸리지 않았다. 근처에 미리 대기시켰던 모양이었다.

주찬은 말없이 차에 올랐다.

22층에 있는 프리트호프 회장 집무실에 스스럼없이 들어간 주찬이 활짝 웃었다.

"오랜만에 뵙네요."

"오랜만이긴. 얼마 되지도 않았는데. 자, 앉지."

사람 좋은 미소를 짓는 프리트호프 회장이었다. 그러나 주찬은 그 웃음 뒤에 숨겨진 프리트호프 회장의 차갑고도 냉정한 일면을 너무도 잘 알고 있었다.

자신에게만 이럴 뿐 타인에게는 거의 인정사정이 없는 인물이었다. 그렇지 않다면 대기업을 이끌지도 못했을 것이리라.

주찬이 자리에 앉자 프리트호프 회장이 입을 열었다.

"지금 다른 나라에서 이야기가 들어오고 있네."

"어디 어딥니까?"

"러시아, 미국, 중국, 그리고 프랑스 등 여러 나라일세."

"그렇게 일이 많이 터졌습니까?"

주찬이 흠칫하자 프리트호프 회장이 솔직하게 설명했다.

"다들 쉬쉬하고 있었지만 원자력을 쓰다 보면 조그마한 사고는 터지게 마련이지. 그래, 그들을 어떻게 할 건가?"

프리트호프 회장이 묻자 주찬이 지체없이 대답했다.

"해야죠."

"내가 자리를 마련해 줄까?"

프리트호프 회장의 말에 주찬이 고개를 살래살래 흔들었다.

"아닙니다. 이제부터는 회장님께서 해주셨으면 합니다."

"내가?"

깜짝 놀란 프리트호프 회장에게 주찬이 천천히 설명했다.

"일본은 제가 생각한 바가 있어 했지만 다른 나라를 제가 개인적으로 한다는 것은 상당히 골치 아픈 일이 많죠?"

"아마도 그렇겠지?"

프리트호프 회장도 수긍하는 이야기였다. 개인이 하기에는 너무도 엄청난 프로젝트였다는 것을 그도 알고 있었다.

주찬은 망설임없이 다음 말을 이었다.

"회장님과 동업을 해야겠습니다."

"동업이라. 하하! 어려운 건 나한테 맡기겠다는 건가?"

"죄송합니다. 하지만 이익이 상당할 텐데요?"

"이익이야 상당하지. 알겠네. 해보겠네."

프리트호프 회장도 욕심이 나는 모양이었다. 그리고 모르지 않았다. 방사능 오염 제거라는 것은 엄청난 이익을 주는 사업이었다.

그 사업을 자신과 하겠다는 주찬이 예쁘게 보일 정도였다.

주찬은 그런 프리트호프 회장에게 살짝 한마디 물었다.

"괜찮으시겠습니까?"

"이거 왜 이러나? 글로벌 기업의 총수인 나야. 그 정도는 충분히 할 수 있지."

"그렇다면 믿고 맡기겠습니다."

"하지만 나로서도 어려운 부분이 있어. 다른 대기업을 끌어당겨야겠지."

프리트호프 회장 말에 주찬이 느긋하게 입을 열었다.

"그건 편하신 대로 하십시오. 그럼 분배는 어떻게 할까요?"

"분배라. 갑자기 들은 말이라서 조금 정신이 없긴 한데."

프리트호프 회장이 망설이자 주찬이 먼저 입을 열었다.

"경비 제하고 50대 50 어떻습니까?"

"그렇게 해주겠나? 이거 난 하는 일이 없는데."

"원래 개발보다 유통이 더 힘든 거 아닙니까?"

"이런 유통은 쉽긴 한데."

프리트호프 회장이 영 꺼림칙한 표정으로 말하자 주찬이 아예 쐐기를 박았다.

"개인이 하기 힘들다면서요?"

"그거야 그렇지. 그런데 다른 기업도 있을 텐데."

"설마 목숨을 살려준 사람을 배반이야 하겠습니까?"

"기업은 그렇지 않아. 배반은 할 수 있지."

"그럴 수 없을 겁니다. 동업은 하지만 최종기술은 제가 가지고 있을 거니까요."

주찬의 말에 프리트호프 회장이 머리를 흔들었다.

"못 당하겠군. 졌어."

"그런데 한 가지는 발표해 주셔야 됩니다."

"무슨 이야긴가?"

"모든 기술을 회장님이 알고 있는 거로 하셔야죠."

"허 참. 어려운 건 나한테 맡기겠단 이야긴가?"

"그 대신 이익이 좋지 않습니까."

주찬 말에 프리트호프 회장이 두 손 바짝 들었다.

"좋네. 그렇게 하도록 하지. 계약서라도 쓸까?"

"당연히 쓰셔야죠. 안 써도 상관없습니다. 최종 기술은 저한테 있으니까요."

"그래서 써야 되는 거야. 자네가 마음 변하면 나는 완전 오갈 데 없어. 아무리 우리 그룹이라도 흔들거릴 수 있는 일이지."

"그럼 쓰셔야죠."

"그러지. 잠시만 기다리게."

프리트호프 회장이 환한 표정으로 일어섰다. 프리트호프 회장과 계약서를 작성하는 데는 그다지 오랜 시간이 걸리지 않았다.

법적으로 워낙 완벽했던 지멘스 그룹이라 이 정도 일은 쉬운 일이었다.

주찬이 사인을 하자 가만히 바라보던 지멘스 회장이 떨리는 손으로 만년필을 들었다.

"이거 나도 떨리는데."

"많이 버셔서 뭐하실 겁니까?"

"그러는 자네는 뭐할 건가?"

"저는 할 게 많습니다."

슥슥.

사인을 마치고 난 지멘스 회장이 한 부를 주찬에게 건넸다.

"어마어마한 계약서야. 잘 간직하게."

"그래야죠. 그리고 잘 부탁드리겠습니다."

"염려하지 말게. 난 사업가야. 돈 되는 일이라면 절대 실수하지 않아."

프리트호프 회장의 말에는 강한 열망이 풍겨져 나왔다. 주찬은 그제야 다른 생각이 들어 얼른 말했다.

"일본으로 가야 될 것 같습니다."

"이젠 동업자니 같이 가야지. 전세기로 가세나."

"편하게 가면 저야 좋죠."

"잠시만 기다리게."

프리트호프 회장이 바로 인터폰에 말했다.

"공항에 전세기 대기시켜. 앞으로 한 시간 내로 출발 준비시키고."

―알겠습니다, 회장님.

인터폰에 들리는 목소리를 듣는 둥 마는 둥 프리트호프 회장이 주찬에게 다가섰다.

"어서 가세. 한 시간이면 빠듯해."

"가시죠."

주찬은 처음으로 가슴이 설렘을 느꼈다.

자신이 벌인 일이 얼마나 큰일인지 알았지만 최소한 수습할 수 있는 건더기를 만들었다는 게 조금 안도되는 마음도 있었다.

10시간 이상을 날아 하네다 공항에 도착한 주찬은 깜짝 놀랐다.

밖에는 일본 총리대신 및 고위 관리들이 즐비하게 서 있는 모습이 보였다. 철저히 언론 통제를 했던지 기자들의 모습은 어디에도 보이지 않았다.

'픽.'

실웃음을 터뜨린 주찬은 무표정한 얼굴로 자리에서 일어섰다.

뒤따라 걸어오던 프리트호프 회장이 오히려 한마디 할 정도였다.

"일본 정부가 통째로 공항에 왔네."

"그러게 말입니다."

"떨리지 않나?"

"자기들이 더 필요할 텐데요."

주찬의 답을 들은 프리트호프 회장이 웃고 말았다.

"허허. 가끔 자네 뱃속에 뭐가 들어 있는지 궁금해."

"무슨 말씀이세요?"

"도대체 움직임이 없어. 놀라움도 없고."

"일단 내리시죠. 할 일이 많지 않습니까?"

주찬이 앞장서 내렸다.

펑펑펑펑.

수많은 사진 기자의 플래시 터지는 소리가 들렸으나 주찬은 미동조차 하지 않았다.

트랩을 다 내려서자 총리대신이 먼저 맞이했다. 물론 독도 문제로 떨떠름한 얼굴을 지우지 못한 표정이었다.

"고생하셨습니다."

"이제부터인데요."

"가서 이야기를 좀 하시죠."

"아닙니다. 방사능 오염 제거가 더 우선 아닙니까? 1초라도 더 빨리해야 피해가 그만큼 적어질 테니까요."

"아, 그 점을 제가 간과했군요."

총리대신이 얼른 뒤로 뺐다.

뒤따라 내리던 프리트호프 회장에게 주찬이 물었다.

"가시죠."

"클린 월드 실은 비행기가 있는데 말인가?"

"그렇죠."

주찬의 말에 프리트호프 회장이 웃고 말았다.

"저 사람들은 어떻게 하고?"

"우리 일이 더 급하지 않습니까?"

주찬의 말에는 일본의 총리대신 및 모든 고위관료는 안중에도 없는 말투였다.

"잠깐 있다가 가도 되지 않겠나?"

"빨리 끝내고 쉬고 싶습니다."

"가지."

움직이는 주찬이 총리대신에게 한마디 했다.

"제가 일이 바빠서 이만."

"저희도 가겠습니다. 현장을 보고 싶습니다만."

"편하신 대로 하십시오."

주찬은 공항 밖으로 나가 준비된 차를 타고 곧바로 후쿠시마 쪽으로 향했다. 멍하니 바라보던 총리대신이 이를 갈았다.

"조센징이 감히."

그러나 말처럼 주찬 앞에선 결코 뱉을 수 없던 말이었다.

그날 일본 총리대신은 치욕에 몸을 떨어야 했다.

후쿠시마 인근의 비행장에 도착한 주찬이 성큼성큼 비행기 쪽으로 다가섰다. 뒤따라오던 프리트호프 회장이 놀라 물었다.

"어디 가나?"

"비행기 타고 가야죠."

"직접 가보려고?"

"그럼요."

주찬 말에 프리트호프 회장이 우려 어린 표정으로 물었다.

"위험하지 않겠나?"

"제가 만든 겁니다. 절대 위험하지 않습니다."

자신감 넘치는 주찬의 말에 프리트호프 회장도 더 이상 말하지 않았다. 주찬은 뒤를 보며 씩 웃으며 말했다.

"회장님은 타지 않으셔도 됩니다."

"탈 생각도 없네."

프리트호프 회장이 단호하게 말했다.

이미 비행장에는 수많은 지멘스 직원들과 조종사들로 혼잡을 이루고 있었다.

주찬이 가자 연락받은 지멘스 직원이 나섰다.

"이 비행기를 타시면 됩니다."

마침 비행기가 2인승이라 뒷좌석에 성큼 올리앉은 주찬이 헬멧을 썼다.

"이륙시키십시오. 모든 준비는 끝났습니까?"

"스텐바이입니다."

"가시죠."

부웅.

주찬이 탄 비행기가 첫 번째로 하늘로 날아올랐다. 그 뒤를 따라 수십여 대의 비행기가 따라오는 모습이 보였다.

무전기에서 소리가 들렸다.

─제거 작업은 예정대로 갑니까?

"네, 3차까지 하면 깔끔할 겁니다."

주찬은 한 번이면 충분했지만 세 번까지 해서 완벽하게 처리할 생각이었다.

일본인의 속성을 봤을 때 조금이라도 미흡한 점이 있으면 트집을 잡을 게 분명했다.

그럴 바에는 귀찮아도 세 번이 정확했다.

후쿠시마 상공에 접어들자 주찬이 조종사에게 말했다.

"살포 준비하세요."

그 말과 동시에 비행기 밑에서는 클린 월드가 쏟아져 내리기 시작했다.

부웅.

수십 대의 비행기에서 클린 월드를 쏟아내는 광경은 과연 장관이었다. 천천히 쏟아낸 클린 월드였지만 어느덧 모든 것이 깔끔하게 통이 비었다.

그제야 주찬이 말했다.

"비행장으로 돌아가시죠."

돌아서는 비행기 위에는 대기하고 있던 다른 비행기가 오염제거제를 뿌려줬다. 혹시 모를 사태를 대비해서 비행기도 완전히 소독하는 건 필수였다.

다시 무전기를 든 주찬이 물었다.

"2차, 3차는 어떻게 되고 있습니까?"

—순조롭게 진행되고 있습니다.

"알겠습니다. 그럼 3차가 끝난 다음에는 잠시 기다리는 일만 남았군요."

이야기가 끝나는 순간 비행기는 지상에 내려앉았다.

비행기에서 내리자 프리트호프 회장이 먼저 앞으로 다가섰다.

"어땠나?"

"소형 비행기도 재미있는데요?"

"그런가? 이제 얼마나 기다리면 되는 건가?"

"제거되는 것이 보일 겁니다."

말하는 순간 일본 정부에서 사람이 나왔다.

"수고하셨습니다. 이제 방사능 제거는 언제부터 시작되는 겁니까?"

"이미 제거되고 있을 겁니다. 테스트를 해봐도 괜찮습니다."

"당연히 해봐야죠. 그럼 나중에 연락드리겠습니다."

일본 관리가 사라지자 주찬이 프리트호프 회장에게 말했다.

"이젠 숙소에 가서 좀 쉬셔야죠?"

"그럴까? 나도 기대가 참 큰데."

"이런 대규모라서 좀 불안하십니까?"

"그런 점이 없지 않다네."

"깔끔할 겁니다. 걱정하지 마십시오. 대신 이제부터는 러시아와 다른 쪽과 협상을 하셔야죠."

"허, 이거 골치 아픈데."

말은 그렇게 하면서도 흐뭇한 얼굴이었다.

주찬은 프리트호프 회장에게 심각한 표정으로 말했다.

"한국에 연구소 하나 지어주십시오."

"연구소? 과학기술 연구소 말인가?"

"맞습니다. 세계 최고로 지어주시고 모든 첨단 설비를 넣어주세요. 그리고 이건 꼭 넣어주십시오."

주찬이 빽빽이 적은 목록을 프리트호프 회장에게 내밀었다.

프리트호프 회장은 고개를 갸웃거리며 옆에 동행했던 이사에게 내밀었다.

"이거 구할 수 있나?"

조용히 읽어보던 이사가 경탄성을 터뜨렸다.

"대단하군요."

"대단하다니?"

"엄청나게 고가의 제품들입니다."

"그래? 주찬 군 경제 사정으로 충분하지 않을까?"

"아마도요."

이사가 말하자 주찬이 웃었다.

"넉넉히 해주십시오."

"아니, 그건 내가 투자하겠네."

뜻밖의 프리트호프 회장의 말에 주찬이 고개를 갸웃거렸다.

"투자라니요?"

"앞으로 자네에게 줄 돈도 많은데 거기에 내 돈도 들어가겠다는 이야기야. 기대가 커."

"정말 그러실 생각입니까?"

"사업가란 미래를 투자하지. 자네 같은 사람에게 투자한다는 것은 전혀 아깝지가 않아."

프리트호프 회장의 말에 주찬이 슬쩍 한마디를 꼬았다.

"아무런 성과가 없을 수도 있는데요."

"그래도 좋아. 버는 돈이 있는데 뭐."

프리트호프 회장의 두둑한 뱃심이 돋보이는 장면이었다. 주찬은 그쯤에서 이야기를 접고 다시 이야기했다.

"가급적이면 첫 건물은 빨리 지어주십시오. 그리고 나머지 건물은 천천히 지어주시면 됩니다."

"그렇게 하도록 하지."

프리트호프 회장의 대답이 들리자 주찬은 한마디를 덧붙였다.

"그리고 그 옆에 아주 튼튼한 빌라 촌을 만들어 주십시오."

"빌라 촌이라니?"

"연구원들이 묶을 수 있도록 5천 채의 빌라 촌을 만들어 주십시오."

"5천 채라 어마어마하군. 최고급으로 하란 이야기겠지?"

"그럼요. 일체 불편이 있어서는 안 됩니다."

주찬의 생각은 바로 그 점이었다. 연구원들이 모든 혜택을 누리며 자신의 할 일만 몰두할 수 있는 그런 환경을 만들어주고 싶었다.

주찬의 말을 들은 프리트호프 회장이 혀를 내둘렀다.

"전 세계 우수한 과학자들 다 가겠군."

"그게 제 꿈입니다."

"한국이 과학기술의 메카가 된다. 멋지군. 우리 지멘스에서도 보내도 되겠나?"

"당연하죠. 얼마든지 보내주십시오."

"보내겠네. 자, 축하드리네."

프리트호프 회장이 손을 내밀자 주찬이 손을 잡았다.

"마지막으로 랜드로버 레인지오버 오천 대도 부탁합니다."

"완전히 과학자 천국이군."

프리트호프 회장이 질린 표정이었지만 주찬은 태연하게 말을 이었다.

"빠른 시간 내에 부탁합니다."

"자네가 말한 첫 건물은 6개월이면 완공될 수 있어. 나머지는 3년 예정으로 하겠네. 독일식으로 튼튼하고 내진설계까지 완벽하게 하겠어."

"그렇게 해주시면 저야 감사하죠."

두 사람 입가에는 미소가 감돌았다.

"이제 동업자답게 열심히 해보자고."

주찬은 말없이 미소를 지을 뿐이었다. 이제 최소한의 기초 작업이 끝난 상황이었다. 수중에 돈이 있으니 하는 일이 자유 스럽다.

"이래서 돈을 버나?"

주찬은 다른 거부들처럼 살아갈 생각은 전혀 없었다.

자신의 목적은 하나. 세계 최고의 연구소. 그것을 자신의 소유로 하고 싶은 마음이었다.

그건 모든 과학도의 꿈이기도 했다.

주찬이 생각하는 사이 프리트호프 회장이 한마디 했다.

"한 가지는 양보할 수 없네."

"어떤 거 말입니까?"

"연구소 이름은 이주찬 연구소로 하겠네."

"아니, 그건……."

"양보 못한다고 했어."

프리트호프 회장이 환하게 미소를 지었다.

주찬도 어깨를 으쓱거리며 고개를 끄덕였다. 자기 이름을 쓰겠다는 데 더 이상 사양한다는 건 그저 겸손일 뿐이었다.

자신의 모든 것을 투자한 연구소. 자신의 이름을 거는 건 어쩌면 당연한 일일지도 몰랐다.

'나도 인간이야.'

주찬이 남몰래 싱긋 웃었다.

그때 일본 관리가 급히 숙소를 찾았다.

"서, 성공입니다."

"당연하죠."

주찬이 싱글거리자 일본 관리가 고개 숙였다.

"일본 국민을 대신해 깊은 감사드립니다."

"……."

주찬은 말없이 인사를 받았다.

'독도는 안녕하신지?'

남몰래 웃음 짓던 주찬이 속으로 물었다.

Chapter 11
아가야

하루 후.

주찬은 프리트호프 회장 전용기 편으로 조용히 한국에 입국했다.

기자들의 북새통이 지겨웠던 탓이다.

그러나 한국 정부에선 모르지 않았다.

공항에 도착하자마자 단단한 체격의 남자가 다가섰다.

"이주찬 씨, 우리가 모시겠습니다."

"네?"

놀란 주찬의 반응을 무시한 남자가 정중하게 다시 말했다.

"선생님은 이미 한국의 영웅이십니다. 각별히 모시란 지시를 받았습니다. 가시죠."

"그러죠."

침착함을 되찾은 주찬이 서둘러 뒤를 따랐다.

준비된 차에 오르자 남자가 웃으며 말했다.

"개인적으로도 이주찬 씨를 존경합니다."

"존경이요?"

"그토록 열 받게 하던 일본정부를 아작 내지 않았습니까?"

"아하."

주찬이 마주 웃자 남자가 환하게 미소 지며 말했다.

"이미 주찬 씨는 전 국민이 열광하는 인기인입니다. 여기 보시죠."

남자가 노트북을 건넸다.

주찬이 받아 읽어보곤 웃을 수밖에 없었다.

―이주찬! 내가 바라던 우리의 영웅.

―그는 나의 소원이었던 독도를 찾았다. 일본의 콧대를 박살 낸 그를 난 사랑한다.

수많은 글이 주찬 눈에 박혔다.

"기분 좋군요."

"하하. 앞으로 주찬 씨 경호는 국가가 책임집니다."

"개인사생활은요?"

"걱정 마십시오. 한국 최고의 경호요원들입니다."

남자의 말에 주찬은 애당초 포기했다.

자신이 거부한다고 물러설 위인들이 아니었다.

마음을 바꾼 주찬은 제일 먼저 처리할 일을 떠올리고는 입가에 미소를 빙그레 지었다. 천천히 휴대폰을 든 주찬이 한새미에게 연락했다.

"나야."

"요새 숨어 다니느라 바쁘시다면서요."

웃음 어린 한새미의 말에 주찬이 한마디 했다.

"지금 잠깐 봤으면 싶은데."

"그럼 봐야죠."

"그리로 차를 보낼 테니까 와."

"저도 다리 있거든요."

"사람들의 시선이 있고 파파라치도 많잖아."

주찬의 우려가 사실인 듯 한새미가 한숨을 토했다.

"사실 병원에도 늘 있어요."

"그러니까 내 말 들으라니까. 퇴근하는 즉시 와."

부드러운 주찬의 말에 한새미도 조금 누그러진 모양이었다.

"알았어요."

통화를 마친 주찬이 테라스에서 시계만 연신 쳐다보았다.

"풋."

자신도 모르게 웃음이 나왔다. 그토록 치열하게 살아왔던 근래가 깡그리 잊히는 기분이었다.

지금은 오로지 한새미만 생각났다.

주찬이 남자에게 말했다.

"집으로 가시죠."

"알겠습니다."

남자의 말에 주찬이 그저 고개만 끄덕였다.

그 정도를 모른다는 건 말도 되지 않았다.

그렇게 두 시간여를 기다리자 드디어 정문을 통과하는 차량 한 대가 보였다.

주찬은 기다렸다는 듯이 곧바로 현관 앞으로 미중 나갔다.

차에서 내리는 한새미를 보는 순간 주찬은 벅차오르는 가슴을 절제하기가 힘들었다.

자신만의 여인인 그녀가 자신에게 다가오고 있었다. 주찬은 환하게 웃으며 다가오는 한새미를 살포시 끌어안았다.

"정말 보고 싶었어."

"그런 사람이 그렇게 연락을 안 해요?"

"편하게 지내라고."

주찬의 말이 이해가 된 듯 한새미가 고개를 끄덕였다.

만약 주찬을 만났다면 자신도 언론의 빗발치는 취재세례에 정신 차리지 못할 것은 분명한 일이었다.

주찬은 한새미를 데리고 방으로 인도했다.

방에 소파에 앉자마자 주찬이 한마디 했다.

"이제 때가 된 것 같지 않아?"

"무슨 때요?"

한새미가 얼굴이 발그레하게 붉혔다. 현명한 그녀가 주찬이 말하는 뜻을 모르지 않았다. 주찬은 아예 쐐기를 박 듯이 말을 뱉었다.

"결혼해야지."

"결혼이요? 아직 할 일이 많은데요."

"기다릴 시간이 없어. 여기서 뒤로 빼면 난 다른 여자와 해야 되는데."

"뭐라고요!"

한새미가 뾰족한 목소리로 외치자 주찬이 다가서 살포시 끌어안았다.

"결혼하자."

"무슨 프러포즈를 이렇게 멋대가리 없이 해요."

"아니, 이런 집에서 프러포즈하면 멋있는 거 아닌가?"

"인간이 멋이 없어요."

"그래서 거절이야?"

주찬이 빙그레 웃으며 말하자 한새미가 고개를 쌩 돌렸다.

"분위기상으로는 거절인데 좋아요. 이 집이 좋아 승낙하겠어요."

"정말 고맙다고 얘기해야겠지?"

"그럼요."

"고마워. 그리고 우리 아기도 빨리 낳자."

"뭐라고요!"

얼굴이 붉게 달아오른 한새미가 돌리는 순간 주찬이 와락 끌어안았다.

"이제 결혼도 할 사이니까."

"안 돼요."

"안 되기는 돼."

주찬이 음흉한 미소를 지으며 침대로 향했다.

한새미는 더 이상 반항하지 못하고 주찬의 품에 그대로 안겨 들었다. 그날 주찬은 뼈가 녹고 살이 흐물거린다는 경험을 할 수 있었다.

한새미의 몸은 완벽한 하모니처럼 주찬을 받아들이고 밀어냈다. 주찬은 한새미의 몸에 화려한 폭발을 한 후 와락 끌어안았다.

"사랑해."

"저도요. 멋없지만 사랑해요."

"에이, 뒷말 안 했으면 정말 좋았을 텐데."

"그건 고쳐야 될 거 아니에요?"

"평생 고치기 힘들 것 같아."

"그럼 데리고 살아야죠."

한새미의 말에 주찬이 살포시 입맞춤을 했다.

"음음."

더 이상 말하지 못한 한새미가 버둥거리자 슬쩍 입맞춤을 풀고 눈을 바라보았다.

"비겁하게 이럴 거예요?"

"최소한의 자기방어지. 그리고 내일 집에 인사 갈게."

"인사요?"

"그래."

"아버님한테 연락을 해야 되는데."

"지금 연락해도 돼."

서두르는 주찬을 보고 한새미가 고개를 갸웃거렸다.

"왜 이렇게 서둘러요."

"하루라도 빨리 아침을 보고 싶어서."

진솔한 고백에 한새미도 더 이상 말하지 않았다. 한새미는 얼른 일어서 옷을 걸치고는 휴대폰을 들었다.

"아빠 난데, 주찬 씨가 내일 인사 간다는데 시간 괜찮아? 음음. 알았어."

통화를 마치고 난 한새미가 환하게 웃으며 주찬에게 다가섰다.

"오래요. 내일 7시에 기다리고 있겠다는데요."

"음, 됐어. 그리고 오늘은 여기서 자고 가지."

"몇 번이나 시달리게."

"처녀 입에서 못하는 소리가 없어."

"이제는 아줌마라면서요."

"아직 처녀지 유부녀 아니야."

주찬이 다시 한 번 한새미를 끌어안았다.

'하루에 한 번이라도 더.'

주찬의 내심 속에 잠겨 있는 생각이었다. 주찬의 마음을 알 수 있는 사람은 지금 순간 아무도 없었다.

다음 날 오후 6시 50분이 되자마자 주찬은 한새미의 집앞 문에 섰다. 옆에 서 있던 한새미도 조금 긴장한 듯 얼굴이 상 기되어 있었다.

주찬은 한새미를 보며 살짝 농담을 던졌다.

"긴장되는데."

"천하의 이주찬도 긴장하는 일이 있어요?"

"이건 천하 이주찬의 할애비도 안 돼. 자, 가자고."

말과는 달리 주찬은 성큼성큼 대문 안으로 들어섰다. 현관 문을 열자 한새미와 닮은 한 여인이 웃는 모습이 보였다.

"안녕하십니까. 사위후보 이주찬입니다."

당당한 주찬의 말에 한새미 어머니가 미소를 지었다.

"반가워요. 이쪽으로 와요."

"예, 장모님."

넉살좋게 말하는 통에 한새미 어머니 얼굴이 더욱더 환해졌다.

주찬은 현관을 지나 거실 쪽에 앉아 있는 한새미 아버지를 봤다. 주찬은 어머니의 손을 살짝 끌어당겨 소파에 앉혔다.

"인사 받으십시오."

대뜸 주찬은 큰절을 올렸다.

"허 참, 그 친구."

"인사드립니다. 아버님 일등사위후보 이주찬입니다."

"그래그래. 사람이 참 배짱이 좋군. 이쪽에 앉게나."

"예, 아버님."

주찬은 서슴지 않고 소파 한쪽에 앉았다. 그러자 아버지의 질문이 이어졌다.

"우리 새미와 결혼하겠다고?"

"예, 허락해 주십시오."

"허, 이거 참 너무 뛰어난 사위후보가 와서."

말은 그렇게 해도 한준규 얼굴에는 웃음이 떠나질 않았다.

한국이 인정하는 천재, 그리고 요즘 들어 모든 한국인이 존경하는 인물 중에 1위가 바로 눈앞에 있는 사위후보였다.

그런 남자가 자기 딸과 결혼하겠다고 하니 아버지 된 입장에서 기분은 하늘을 날을 듯했다.

주찬은 그런 아버지에게 한마디 했다.

"저 목욕탕에 가면 아버지와 똑같은데요."

"하, 이 친구 봐라. 그래서."

한준규가 웃으면서 이야기하자 주찬이 한마디 했다.

"새미와 저도 침대 안에서는 똑같을 겁니다."

"하, 이 친구 못하는 소리가 없어. 넉살 봐라."

아버지가 웃는 사이 옆에 있던 한새미가 버럭 소리 질렀다.

"주찬 씨!"

"사실이잖아. 그리고 우리 이제 예쁜 아기도 몇 명 낳아야지."

"몇 명이요? 한 명이면 돼요."

"어허, 이 사람 나는 열 명 스무 명이라도 자신 있어. 다만 건강을 생각해서."

"아이고, 참 고마워서 눈물 날 것 같아요."

"조그만 낳을게. 한 축구팀 정도만."

"애 키우다가 볼일 다보겠네요."

두 사람이 토닥거리는 모습을 본 한새미의 부모는 흐뭇한 표정이었다.

처음에는 그저 어렵다고 생각했던 주찬이었지만 이야기를 꺼낼수록 소탈하고 마음에 드는 눈치였다. 마침내 한새미 아버지가 입을 열었다.

"그래. 우리 딸과 언제 결혼하려고하나?"

"전 내일이라도 좋습니다."

"뭐? 내일?"

"그리고 드릴 말씀이 하나 있습니다."

주찬이 말하자 한준규가 물었다.

"무슨 이야기인데."

"공개적으로 결혼하면 아무래도 시끄러울 것 같지 않습니까?"

"그렇겠지. 한국에 있는 모든 취재진이 다 온다고 생각해야겠지?"

"그거 견딜 수 있으시겠습니까?"

"음."

한새미 아버지가 조금 난처한 표정으로 변했다. 사실 그런 언론에 모든 사람의 이목이 집중되는 자리는 그로서도 부담스러웠다.

그때 주찬이 바로 희망에 동아줄을 던졌다.

"그래서 드리는 말씀인데 신혼집에서 양가 친척들만 모시고 조용히 올릴까 합니다."

"조용히?"

"예, 아무도 부르지 않고 식구들과 함께 조용히 하려고 하는데 어떻게 생각하십니까?"

"좋지. 그러면 좋아."

한준규가 승낙하자 주찬은 한술 더 떴다.

"그리고 한 가지 부탁이 있습니다."

"또 부탁이 있어? 뭔가?"

한준규는 뭐든지 들어줄 속셈이었다. 이렇게 잘난 사위를 구하는데 무슨 걱정이 있냐는 표정이었다. 주찬은 그런 아버지에게 조심스럽게 말했다.

"아무래도 나중에 우리 아이들이 태어나면 저는 신나게 뛰어다니게 하고 싶거든요."

"그래야겠지."

"그런데 아무래도 장인어른 집에 많이 올 것 같습니다."

"오라고 그래."

"그래서 드리는 말씀입니다."

주찬이 단호하게 이야기하자 한준규가 호기심이 동한 표정이었다.

"도대체 뭔가?"

"집 하나를 준비해 뒀습니다."

"뭐? 집 하나?"

약간 불쾌한 표정으로 변한 한준규에게 주찬이 얼른 말했다.

"딸을 이렇게 키워서 저한테 주신 작은 선물이라고 생각하시면 됩니다. 보통 함에도 선물 들어가는 거 아닙니까?"

"음."

어색한 표정으로 기침을 하는 한새미 아버지에게 주찬이 다시 말했다.

"우리 아이들에게 넓은 놀이터를 준다고 생각하고 받아주십시오. 안 받아주시면 그 집 썩습니다."

"허, 이 친구 봐라."

한준규도 조금 수그러든 모양이었다. 그때 주찬이 한마디 했다.

"편하게 받아주십시오."

"좋네. 편하게 받지."

의외로 한준규가 쉽게 허락하자 주찬이 당황할 지경이었다.

"정말이시죠?"

"우리 손자손녀들이 뛰어놀 공간이 있다는데 할애비가 반대한다면 나중에 원망 듣지 않겠어?"

"그럴 겁니다."

"그러니까 하지 말아야지."

"하하."

"그런데 결혼식은 언제 할 생각인가?"

"양가 친척이 모이는 거고 또 별다른 일도 없으니 일주일 후에 할까합니다."

"일주일 후? 자네 제정신인가?"

한준규가 깜짝 놀라 말하자 주찬이 말했다.

"하루라도 빨리 같이 있고 싶습니다. 허락해 주십시오."

"자네 마음대로 하게나."

한준규는 거의 포기한 표정이었다. 옆에 있던 한새미도 더 이상 말하지 못한 채 주찬만 멍하니 바라볼 뿐이었다.

"그러면 일주일 후인 토요일 오후 2시에 신혼집에서 결혼식을 치르는 걸로 하겠습니다. 그때 와주십시오. 잘 부탁드리겠습니다."

주찬이 고개를 꾸벅 숙이자 한준규가 말했다.

"오늘 완전히 뭐 도깨비한테 홀린 기분이야."

"저 도깨비가 아니고 사위인데요."

주찬이 농담을 던지자 한준규가 고개를 흔들었다

"이거 만만치 않은 사위 얻은 것 같아."

"전 장인어른이 참 마음이 듭니다."

"내가 마음에 들어?"

"호탕하시잖아요."

"호탕이라."

군인출신의 아버지답게 호탕한 면모가 보이는 한준규였기에 그 말에는 기분 좋은 표정이었다.

"좋네. 우리가 준비할 게 뭐가 있나."

"몸만 오시면 됩니다. 그리고 저에게 작은 선물을 주셔도 됩니다."

"선물 뭐가 필요한가?"

"사랑을 갖다주십시오."

주찬의 한마디에 장내가 조금 무거운 침묵이 감돌았다

"좋네 사랑을 듬뿍 주겠네."

"나도 주죠."

한새미의 어머니도 수줍게 말하자 주찬이 고개를 꾸벅 숙였다.

"하나도 남김없이 받겠습니다."

주찬의 말에 한새미가 그때서야 입을 열었다

"주찬 씨 넉살이 이 정도는 아니었잖아요."

"원래 남에 집 귀한 딸 데리고 오려면 이 정도 넉살은 부려야 되는 거 아니겠어?"

주찬의 한마디에 한새미도 싫지 않은 듯 배시시 웃었다. 주찬은 내심 한숨을 크게 쉬었다

'한 고비 넘어가고.'

주찬의 마음속에는 하루라도 빨리 결혼식을 올리는 강한 이유가 있었다. 누구에게도 말하지 않았지만 그건 필수적인 이야기였다.

주찬이 한새미에게 말했다.

"내일 우리 집으로 가자."

"오늘 힘이 쭉 빠져요."

한새미가 한숨부터 몰아쉬었다.

폭풍처럼 몰아친 주찬 탓에 토요일 결혼식이 이뤄졌다. 주찬 말대로 양가 친척들을 모시고 조용히 치러졌다. 사람이 적다뿐이지 모든 것은 남들이 상상하지 못할 정도였다.

주찬은 결혼식에 참석한 양가 친척들에게 모두 아파트 등기권 하나씩을 답례로 내밀었다.

친척들이 경악해 주찬에게 말했다.

"아니, 이걸 우리에게 줘도 되나?"

"저 돈이 너무 많아서 주체를 못합니다."

"벌었다는 이야기는 들었지만, 정말 고맙네."

"앞으로도 어려운 일 있으면 얼마든지 오십시오. 제가 도와드리겠습니다."

주찬은 넉넉한 심정으로 이야기했다. 사실 친척들이 어떤 부탁을 한다 하나 주찬에게는 그저 바늘 손톱만큼이나 나갈까?

전체 재산에는 전혀 지장이 없을 정도였다. 주찬의 배포에 옆에 있던 아버지가 다가섰다.

"너 많이 컸다."

"아버지가 생각하지 못할 정도로 큰 것 같습니다."

"그런데 이 집은 너무 크지 않냐?"

"너무 작습니다."

주찬의 엉뚱한 말에 아버지가 손을 흔들었다.

"됐다. 너랑 무슨 얘기를 하겠냐."

그리고 주찬은 곧바로 두 동생을 불렀다.

"민철아, 너는 연구단지 내에 자동차 공업사를 해야겠어."

"형."

"사양하는 건 원하지 않아. 모든 연구원이 최선을 할 수 있도록 정비를 잘해줘. 비용은 연구소에서 지불할 거야."

"먹고 살기 지장 없겠네? 그거 하면서 다른 거 해도 되지?"

"그럼."

"나도 형을 뛰어넘고 싶어."

"뛰어넘어라."

주찬이 어깨를 와락 끌어안았다. 옆에 있던 혜리가 삐쭉거렸다.

"나는 왜 불렀어?"

"너는 너 하고 싶은 걸 얼마든지 해도 돼."

"오빠가 적당히 돈이 있으면 신세지지 않을 생각이었거든?"

"그런데?"

"너무 많으니까 조금 써줘야 될 것 같아. 헤헤."

혜리가 웃자 주찬이 살포시 끌어안았다.

"내 동생이라서 고맙다."

"우리 오빠라서 고마워."

둘 사이에 짜릿한 감정이 오고 가고 있었다.

결혼식을 마치자 주찬은 한새미와 함께 신혼 침대로 접어들었다. 주찬은 마치 늑대처럼 한새미를 파고들었다.

"도대체."

"빨리 애기 갖자."

주찬의 말에 한새미는 눈을 곱게 흘겼다.

"천천히 가지면 안 돼요?"

"아니, 그럴 시간 없어."

말은 부드럽게 했지만 주찬 마음은 다급했다.

이제 불과 남은 시간은 3개월.

3개월 내로 무슨 수를 써서라도 2세를 봐야 했다.

지성이면 감천이랄까?

주찬의 소원대로 한새미는 신혼 두 달 만에 임신이 확인됐다. 그 소식을 들은 주찬은 소파에서 벌떡 일어서서 두 손을 들었다.

"만세!"

"왜 이래요? 창피하게."

한새미가 면박 줬지만 주찬은 아랑곳하지 않았다 그토록 원하던 결과가 눈앞에 있자 흥분 상태를 벗어나기 힘들었다.

"새미야. 우리 아기가 생겼어."

"그래."

"푸하하."

그날 주찬은 한새미를 껴안고 하루 종일 싱글벙글이었다. 한새미는 몰랐지만 주찬 입장에선 필생의 대업을 이룬 일이었다.

"아들인지 딸인지 몰라도 함께 가자."

의미심장한 말이 주찬 입에서 작게 흘렀다.

그제야 현실로 돌아온 주찬이 프리트호프 회장에게 연락했다.

"연구소는 어떻습니까?"

―일찍도 물어보는군. 한 동은 한 달 후에 완공이야."

"감사합니다. 나중에 찾아뵙죠."

―결혼식도 몰래 하고 서운하네.

프리트호프 회장의 말에 주찬이 싱글거렸다.

"죄송합니다. 조용히 치루고 싶어서요."

―하긴. 자네 입장이라면 그럴 수 있지. 조만간 보세.

대범한 프리트호프 회장 말에 주찬이 안도했다.

그러나 주찬은 다음을 서둘렀다. 제일 먼저 정구홍 교수에게 전화했다.

"교수님."

―오, 주찬 군. 반가우이.

"연구소가 급한 대로 하나가 지어지는 모양입니다."

―소식 들었네.

정구홍 교수 말에 주찬이 정색하며 권했다.

"그래서 드리는 말씀인데요, 교수님이 소장을 맡아주십시오."

―그게 무슨 소리야. 자네가 만든 연구소인데. 싫어. 절대 안 해.

완강한 정구홍 교수 말에 주찬이 다른 방법을 제시했다.

"그러면 고문이라도 맡아주십시오. 이건 저도 양보 못합니다."

―이 친구야. 명색이 세계 최고 연구소야.

"그래서 드리는 말씀입니다. 제겐 교수님이 가장 믿을 수 있는 분입니다. 그래서……."

주찬이 악착같이 설득에 설득을 거듭했다. 무려 삼십 분을 실랑이한 끝에 정구홍 교수가 항복했다.

―허허. 자네 뜻이 정 그렇다면 한번 해보지.

"감사합니다. 그리고 연구원 모집도 교수님이 알아서 하세요."

―힘든 일을 다 주네. 알았어.

"또 하나요. 세심환 등 전에 했던 사업도 알아서 정리해 주세요."

―그래. 지금 자네 입장에선 그거 무리지. 알아서 정리하지. 아버지를 대표로 하면 되겠네.

"그럼 좋고요."

주찬 입장에서도 좋은 소리였다.

마침 일을 관둔 아버지에게 좋은 소일거리가 된단 판단이 섰다.

그렇게 정구홍 교수와의 대화가 순조롭게 끝났다.

"하나 덜고."

주찬이 활짝 웃었다.

이젠 다시 아기와의 일에 집중할 생각이었다.

끽.

차가 급브레이크 밟는 소리에 주찬이 밖을 내다봤다. 차에서는 정구홍 교수가 허겁지겁 내려와 집으로 들어오는 모습이 보였다.

"무슨 일이시지?"

주찬은 고개를 갸웃거리며 빠른 걸음으로 마중 나갔다.

현관에서 만난 두 사람. 정구홍 교수가 잔뜩 흥분된 목소리로 주찬에게 말했다.

"소식 들었나?"

"무슨 소식 말입니까?"

"자네가 올해 노벨 화학상 수상자로 확정됐어."

주찬은 순간 눈을 감고 가만히 서 있었다. 모든 과학도의 꿈. 노벨상 수상이 자신에게 왔다는 사실이 실감나지 않는 순간이었다.

그러나 이내 주찬은 고개를 끄덕였다.

'고맙다.'

힉스입자에게 전하는 아주 가슴 진한 감사의 말이었다. 그 물질이 없었다면 이런 일은 꿈도 꾸기 힘들었다.

주찬은 눈을 번쩍 뜨고 정구홍 교수에게 인사했다.

"다 교수님 덕분입니다."

"내 덕은 무슨 내 덕. 자네 정말. 내 목숨도 구해주고."

와락.

끌어안는 정구홍 교수를 마주 끌어안았다.

"교수님, 우리 정말 멋지게 살면 됩니다."

"그래, 아참, 좋은 소식이 또 있어."

"뭡니까?"

주찬이 묻자 정구홍 교수가 얼른 대답했다.

"연구원 모집 말이야. 지금 난리야."

"난리라뇨?"

"세계적으로 유명한 과학자들이 엄청 몰려. 정부에서도 눈에 불을 키고 협조한다네."

"희소식이네요."

주찬이 가슴 벅차 소리쳤다.

얼마 전까지 한낱 공대생이었던 자신이 여기까지 왔다. 사람이라면 흥분하지 않을 수 없었다.

'고맙다.'

주찬이 진심을 담아 가슴에 손을 댔다. 어딘지 잠자는 힉스 입자에게 건넨 속마음이었다.

그제야 거실에 나온 한새미가 물었다.

"무슨 일이세요?"

주찬보다 정구홍 교수 말이 빨랐다.

"이 친구가 노벨상 수상한답니다."

"어머! 정말요?"

한새미도 환한 표정으로 미소를 지었다. 남편이 세계 최고의 권위 있는 상을 받는 다는데 기뻐하지 않을 사람은 없었다.

정구홍 교수가 짓궂게 주찬에게 말했다.

"자네 싫어하는 일 하나 해야겠네."

"기자회견 말이니까?"

"그래, 가면 해야 될 거 아니야."

"하게 되면 해야죠."

두 사람은 빙글 웃었다.

노벨상 수상 후.

세상은 확 바뀌었다. 이제는 세계 최고의 과학자로서 우뚝 선 주찬이었다.

그 누구도 주찬에게 무슨 말을 할 수는 없는 입장이었다.

한국 최초의 노벨상 수상, 그것도 과학부분 수상이었다. 노벨상은 과학부분 수상이 사실상 핵심이라고 봐야 했다.

그날 저녁.

일찍 잠이 든 한새미를 말없이 바라보던 주찬 얼굴이 굳었다.

'오늘인가?'

주찬의 목적은 아주 간단했다. 마지막 남은 힉스입자, 그걸 아들에게 전해주고 싶은 심정이었다.

주찬은 조용히 뱃속에 있는 아이에게 손을 갔다댔다.

'아가야. 아버지와 같이하자.'

그 말과 동시에 힉스입자를 태아에게 밀어넣기 시작했다.

움찔.

태동이 느껴지며 아이가 꿈틀거리는 느낌이 들었다.

'괜찮다. 두려워하지 마라.'

부드럽게 말하며 주찬은 힉스입자를 연이어 쏟아부었다.

그렇게 10여 분이 지났을까?

마침내 마지막 힉스입자가 빠져나간 걸 느낀 주찬이 손을 뗐다. 이제 자신의 몸에는 적정 수준의 힉스입자만 남아 있을 뿐이다.

주찬은 다시 한 번 배를 만지며 남몰래 중얼거렸다.

'아들, 아버지와 함께 멋지게 해보자.'

생각하는 사이 깨어난 한새미가 궁금한 듯 물었다.

"도대체 뭐하는 거예요?"

"음. 우리 아가와 이야기를 나누고 있어."

"대답해 주던가요?"

"아마도?"

주찬이 빙긋 웃었다.

『1월 0일』 완결

백미가 新무협 판타지 소설

FANTASTIC ORIENTAL HEROES

천선지가

불의의 사고로 죽은 청년 이강
그를 기다린 것은 무림이었다!

어느 날
그에게 찾아온 운명,
천선지사.

각인 능력과 이 시대엔 알지 못한 지식으로
전생에서 이루지 못한 의원의 꿈을 이루다!

『천선지가』

하늘에 닿은 그의 행보가 시작된다!

Book Publishing CHUNGEORAM

유행이 아닌 자유추구 -
WWW.chungeoram.com

FUSION FANTASTIC STORY
건(建) 장편 소설

컨트롤러
Controller

세상에게 당한 슬픔,
약자를 위해 정의가 되리라!

『컨트롤러』

부모님의 억울한 죽음,
더러운 세상에 희롱당해
무참히 희생당한 고통에 분노한다!

"독하게… 살아가리라."

우연한 기회를 통해 받은 다른 차원의 힘,
억울함에 사무친 현성의 새로운 무기가 된다.

냉정한 이 세상을 한탄하며,
힘조차 없는 약자를 대변하고자
내가 새로운 정의로 나서겠다!